단오 :)

2025.08

조각난 채 살아가는 사람들을 위해…

캐리
커처

캐리커처

단요 장편소설

창비

차례

캐리커처
7

작가의 말
161

일러두기
본 소설에 등장하는 지명 중 일부는 실제 지명에서 따왔으나 모든 등장인물과 사건은 허구임을 밝힙니다.

0

수도권 정비 계획법 제2조에 따르면 수도권이란 서울특별시와 인천광역시, 그리고 경기도를 묶어 이르는 말이다. 이런 분류는 인간과 오랑우탄과 여우원숭이를 하나로 묶는 것이나 마찬가지다. 셋 다 영장목이긴 하지만 그게 어디 같으냐 말이다. 가령 대치동은 한국 사람이라면 누구든 안다. 전국 최고의 학군지인 데다가 「SKY 캐슬」 같은 드라마에도 여러 번 나왔으니까. 매탄동도 신문 기사를 자주 읽는 사람에게는 익숙할 테다. 삼성전자 본사 소재지고, 수원디지털시티라는 명칭이 더 유명한 동네다.

그렇다면 구현동이 어디인지 아는가?

구현동은 바로 내가 사는 곳이다.

이렇게 말해 봐야 알아들을 사람이 없다는 건 나도 안다. 그게 핵심이다. 어떤 이름은 읊기만 해도 '아, 거기!'가 튀어나오는데 어떤 이름은 택배를 받을 용도가 아니라면 아무짝에도 소용이 없다는 거. 동네 오른편으로 빠져나가 청죽면과 청산면을 지난 뒤 왼편 국도로 꺾으면 강원도가, 오른편 국도로 꺾으면 충청북도가 나온다고 설명하더라도 여러분은 여전히 구현동이 어디인지 모를 것이다. 그러니까 이제부터는 이름이 아니라 내가 보는 풍경에 대해서만 말하도록 하겠다.

일단 동네의 왼편부터. 여긴 골목길이 적갈색 벽돌로 쌓은 구옥들을 끼고 굽이굽이 꼬이는 곳이다. 위에서 내려다보면 포도송이 같을 것이다. 여기에는 히잡을 쓴 말레이시아 여자와 전공책을 끼고 다니는 베트남 남자와 '블럇, 블럇' 하고 소리치는 초등학생들이 산다. 이 골목을 빠져나오면 상가가 늘어선 대로가 나타나는데 간판 디자인은 대체로 간단하다 못해 투박한 수준이다. 그중에서 가장 눈길을 끄는 간판은 붉은 배경색 위에 커다랗고 샛노란 글자로 '中国食品分销(중국식품분소)'가 쓰인 것이다. 사장이 어찌나 빨간색을 좋아하는지 붉은 비닐 차양 밑에는 종이 홍등이 흔들거리고, 가게 전면 코팅도 모두 붉다. 바로 옆의 '24시 해장국' 간판이 무채색으로 보일 지경이다.

이 자리에서 대로변을 따라 쭉 걷다 보면 서서히 풍경이 바뀌면서 동네의 오른편이 나타난다. 길이 확 트이며 8차선 도로로 변하고 건물들은 빛을 발하기 시작하는 것이다. 그쪽 건물들은 정말, 문자 그대로 빛난다. 하지만 오늘은 거기까지 갈 일이 없다.

나는 눈앞의 해장국 가게로 들어선다. 이른 아침인지라 완전히 다른 종류의 손님이 절반씩 섞여 있다. 국밥 한 그릇으로 하루를 여는 사람과, 술을 마시며 밤을 지새운 뒤 해장국을 들이켜는 사람이다. 보통은 조용히 먹고 떠나지만 만취 상태로 들어온 사람들은 곧잘 말썽을 부린다. 바로 지금처럼. 잔뜩 취한 중년이 카운터 직원을 붙잡아 세우더니 큰 소리로 따져 묻는 중이다.

"어, 아줌마, 요 와서 봐요. 내가 딱 세 조각 먹었는데 고기가 하나도 없잖어. 이 가격에, 요 봐요, 머릿고기를 이렇게만 담아 주는 게, 이게 말이 되나 그래? 여기 사장님이 돈 아끼라고 시켰어요?"

고개를 수그린 직원은 어눌한 목소리로 중얼거린다.

"저희 항상 무게 달아서 정량 드려요."

"그러니까 요게 어딜 봐서 정량이냐 이거야. 몇 입 먹으니까 다 없어지는데."

"죄송합니다."

중년이 직원의 얼굴을 확인하더니 면박을 준다.

"아줌마 한국 온 지 얼마 안 됐나 본데, 숫자는 제대로 읽고 카운터 보는 거야?"

그 말이 끝나기도 전에 한 아주머니가 주방에서 뛰쳐나온다. 어깨가 딱 벌어진 데다 눈썹도 짙어서, 화난 표정을 지으면 정말로 무서워 보이는 사람이다. 아침부터 맞닥뜨린 진상은 손님 취급도 않을 만큼 괄괄한 사람이기도 하다.

"이 노친네가 다 처먹어 놓고는 난리야. 지금 돈 내기 싫어서 그러지?"

"노친네? 처먹어? 지금 말 다 했어?"

"말 다 했다, 이 진상아. 그쪽은 이만 원 아끼려고 난리 치는 인생이지만 우리가 그 돈 못 받아서 망할 일은 없으니까 알아 두고. 다른 손님들 밥맛 떨어지게 하지 말고 썩 나가요."

중년이 앉은 테이블에는 소주 두 병에 국밥 한 뚝배기가 올라 있다. 핀잔 한 번 듣는 것으로 이만 원을 아낄 수 있다면 취객 입장에서는 남는 장사다. 그래도 자존심이 상하긴 한 모양인지 중년은 불콰한 얼굴로 둘을 노려보다가 직원을 걸고넘어진다.

"여편네가 싸가지가 없어서. 원래 내 승질이면 다 엎는데 저 동남아 여자 불쌍해서 봐준다."

"어쭈, 봐줘?"

"그래!"

중년은 홱 일어나더니 누가 붙잡을세라 입구를 향해 걸음을 옮긴다. 그러다가 내가 우두커니 서 있는 것을 보고는 흠칫 멈춘다. 경찰을 마주친 좀도둑 같다. 그 꼬락서니 때문에 짜증이 두 배가 됐다. 키 작고 마른 외국인에게는 함부로 대하고, 성깔 있어 보이는 한국인에게는 그래도 져 주는 척을 하고, 내 앞에서는 아예 겁을 먹는 종류의 인간이 있다. 영화 속 악당으로 나오더라도 기껏해야 조무래기쯤일 사람들이 실제로 있단 말이다. 이젠 내가 한

마디 할 차례다.

"야, 지금 우리 엄마랑 고모한테 뭐라 했어?"

대답을 듣기도 전에 주방 아주머니가 날 큰 소리로 부른다.

"주현아! 김주현!"

한마디라도 더 했다가는 잔소리를 퍼부어 주겠다는 투다. 별수 없이 돌아서자마자 투덜거리는 소리가 귓전을 친다. *동남아 년 애새끼가 키만 커 가지고……*. 나는 뒤를 돌아보지 않기로 마음먹으면서 신발을 벗는다. 따라 나갔다가는 정말로 한 대 때려 버릴 것 같기 때문이다. 그래도 숨이 거칠어지는 건 어쩔 수가 없다. 씩씩거리며 주방에 발을 들이자 아까 진상에게 당했던 직원이 따라 들어온다. 아니, 직원이 아니라 우리 엄마다. 스리랑카 이름은 '미나 쿠마란'이고, 한국인이 된 후로는 '미나'인 사람이다. 이 가게의 사장이기도 하다.

"아까 그거, 딱 봐도 돈 내기 싫어서 시비 거는 거잖아. 엄마가 뭘 잘못했다고 사과를 해?"

홀에 있는 손님들한테까지 들리도록, 나는 괜히 크게 따진다.

"아유, 우리 주현이는 사사건건 싸우려 그래서 탈이야. 저 정도 진상은 아무것도 아닌 거 알면서. 소리 높여 봐야 피곤해. 원래 오던 사람도 아니고, 앞으로도 볼 일 없을 텐데 연극 한 번 해서 빨리 치워 버리면 피차 편하잖니."

"말도 이렇게 잘하면서 왜 못하는 척하냐고. 아니면 아니라고 말해도 되는 거잖아. 왜 고모가 주방에서 나올 때까지 가만히 있는 건데."

엄마가 호호 웃는다.

"저 양반, 딱 봐도 깔보는 상대한테 한 소리 들으면 훨씬 더 심하게 꼬장 부리는 스타일이야. 좋게 좋게 하자는 말 모르니. 나쁘게 생각하면 주름진다. 이 나이에는 주름 하나하나가 다 돈인 거 알지."

가스레인지 앞에 서 있던 고모가 나를 향해 손을 휘휘 젓는다. 태도만 다를 뿐이지 내가 진상이랑 똑같은 취급을 당하는 중이라고 생각하니 은근히 부아가 치민다. 엄마가 착하고 유들유들한 척을 하는 동안 고모는 해결사 역할을 맡는다. 불쌍한 외국인 노동자를 지켜 주는 한국인 사장님 연극이라고나 할까. 진상을 명백한 악역으로 만들어서 쫓아내 버리는 수법이다.

하지만 나는 그게 싫다. 한국에서 살아온 지 이미 이십 년이 넘었는데, 진상 앞에서는 어눌한 말투를 쓰면서 세상 물정 모르는 척하는 게 싫다. 내가 아는 엄마는 미국 주식에 투자해서 두 배의 수익을 올리고 피부과에 다니면서 얼굴 주름을 없애는 사람이기 때문이다. 물론 엄마한테도 한국말이 낯설던 시절이 있었겠지만, 나는 엄마가 자기 과거를 함부로 가져다 쓴다는 생각을 지우기 어렵다. 엄마에게는 과거에 불과하지만 누군가에게는 현재 진행형인 고충 아닌가. 얼굴도 모르는 사람들에게 못 할 짓을 하는 기분이다.

"아무리 그래도 그렇지. 좋게 좋게는 무슨."

"엄마가 가게에 몽클레르 입고 오지는 않잖아. 이런 국밥집이 잘되려면 사장이랑 직원들이 얕보여 줘야 되거든. 그래야 손님이 많이 오지. 손님들은 사장이 돈 많이 버는 티 내면 싫어해."

내가 더 따지지 않는 건, 엄마가 고생을 많이 한 사람이기 때문이다. 고향 이야기를 절대 안 하는 데다가 외가 친척들 사진도 보여 주지 않는 걸 보면 고생은 스리랑카에서부터 시작되었던 게 분명하다. 어찌저찌 한국으로 건너온 후로는 한동안 공장에서 일했다고 한다. 그러다가 한국인 동료와 결혼하고 나를 낳으면서 운이 트이나 싶었는데, 일이 꼬였다. 내가 다섯 살 때 아버지가 산재로 돌아가신 것이다. 심지어 고모를 제외한 친가 사람들은 엄마를 모른 체했다. 처음부터 축하받지 못한 결혼이었는데 '남편 잡아먹은 여자' 꼬리표까지 붙은 거다.

귀화 허가를 받았다지만 한국인 대접은 받지 못하는 사람이 혼자서 아이를 키우는 게 얼마나 어려웠을지 짐작이 간다. 고모가 도울 수 있는 부분에도 한계가 있으니 말이다. 엄마는 가끔 이렇게 중얼거린다. 자기는 힘든 일이 많았던 사람이라고, 그래서 이것도 문제고 저것도 문제라고 생각하기 시작하면 견딜 수가 없다고, 좋은 게 좋은 거라고 믿어야 한다고, 지금이 가장 좋다고. 엄마는 고모랑 같이 24시 해장국집을 운영하는 지금이 가장 좋은 거다. '외국인 노동자' 흉내를 낸다고 해서 누가 피해를 보는 것도 아닌데,라고 생각하며.

나는 갖가지 말을 입속에 눌러 담은 채 주방을 돌아 나간다. 테이블에 가서 앉자마자 엄마가 우거지국밥 한 그릇을 내온다. 잘 먹겠습니다, 하고 한 술 뜨려는 찰나 고모가 커다란 상자를 옆구리에 끼고 나타난다.

"주현아, 이따 승윤이네 어머니 오시면 이거 전해 드려라."
"뭔데요?"
"한라봉. 항상 신세 지고 있으니까 감사 인사도 드리고."
"짐이다, 짐. 그냥 나중에 택배로 부치면 안 돼요?"
"네가 직접 건네야 모습이 보기 좋지."

나는 주중 피크 타임에는 가게에서 접시를 닦거나 잡일을 거들고, 주말에는 승윤 형과 함께 서울로 올라간다. 대치동 강의를 듣기 위해서다. 오늘은 토요일이다. 이제 삼십 분 뒤면 은색 아우디가 해장국집 앞에 멈출 것이다.

◆

대치동에 갈 때마다 자동차로 한 시간 반 거리밖에 되지 않는 동네가 이렇게까지 다를 수 있나 싶어 놀란다. 처음 학원에 들어선 날에는 거의 기절할 뻔했다. 강의실 전체가 새하얀 애들로만 채워져 있었다. 게다가 애들이 나를 대놓고 힐끔거리기까지 하는데, 나는 내가 그렇게나 이목을 끄는 존재일 거라고는 생각해 본 적이 없었다. 아마 그 애들한테 필리핀이나 스리랑카는 지도에서나, 혹은 해외여행 팸플릿에서나 보는 이름일 거다.

그런데 더 이상한 건 나한테 가까이 오는 녀석이 한 명도 없었다는 거다. 승윤 형과 구면인 듯한 남자애 하나도 나를 거의 장식품 취급했다. 친구가 처음 보는 가방을 들고 왔을 때와 비슷한 태도라고나 할까. 이 가방 뭐야? 어디서 샀어? 신기하게 생겼네? 그러더니 녀석은 갑자기 영어로 떠들어 대기 시작했다. 완벽한 미국식 발음이었다. 승윤 형은 잠깐 짜증스러운 표정을 짓더니 영어로 마주 대꾸했다. 이게 도대체 무슨 상황일까?

남자애가 사라지자마자 나는 목소리를 낮춰 물었다.

"아까 걔, 외국인인가. 대충 들어서 틀렸을 수도 있는데 이름이 무슨…… 앤디? 앤디라고 불렀던 거 맞지?"

"아니, 쟤 이름 석현이야. 윤석현. 초등학생 때 미국 살다 와서 그렇지, 그냥 한국인이야. 평소에는 한국말 해."

"그런데 왜 갑자기 저래?"

"원래 재수 없는 애들 많아. 다 그런 건 아닌데 가끔 그래."

사람이 이런 식으로 재수 없을 수도 있다는 걸 그날 처음 알았다. 알고 보니 여기서는 의외로 흔한 케이스였다.

"구현동은 시골이지?"라는 질문을 받게 된다면 나는 펄쩍 뛰면서 이렇게 답했을 것이다. 시골이라뇨, 절대 아니죠. 서울 바깥이라고 논밭 같은 거 있는 줄 아시나 본데 저희 집에서 백화점까지 버스 타고 이십 분 거리고요, 영화관도 그 근처에 두 개 있고요, 일인당 오만 원 하는 뷔페도 있다고요. 곧 동네에 GTX-A도 들어올 거라는데, 완전히 수도권이죠!(그나저나 나는 GTX-A가 뭔지 잘 모른다. 그게 일종의 고속 철도고, 고속 철도가 깔리면 집값이 오른다는 것만 안다.)

하지만 대치동에서 강의를 듣는 그 한나절 동안, 나는 구현동이 시골은 아니라도 지방이긴 한가 보다 생각할 수밖에 없었다. 그 애들의 삶과 내 삶이 얼마나 겹칠까 궁금해지기도 했다. 나는 영어 유치원에 다니며 원어민 교사들에게 "Hello, Jonny."라고 말하는 유년기를 모른다. 그 대신 우리는 할 일이 없으면 가게에서 TV를 보며 마늘을 깠다. 승윤 형이 투룸 빌라에 살던 시절이었다. 보통은 형이 가게에 왔지만 가끔은 내가 형네 집에 놀러 갔다. 레고 블록과 표지가 반질반질한 초등학교 교과서와 언젠가 벗어던진 청바지가 어지럽게 뒤엉킨 곳이었다. 어른용 속옷이 실내용 건조대에 대롱대롱 걸려 있었지만 어른은 언제나 없던 곳. 형에게, 나에게, 그리고 내가 아는 애들 모두에게는 그런 시절이 있었다. 그건 신축 대단지 아파트의 커뮤니티 센터에서 수영을 즐기는 추억과는 다르다. 그토록 사소한 부분 하나하나가 모두 다르다…….

물론 구현동에도 신축 아파트가 있긴 하다. 하지만 그게 당연하다고 생각하는 애는 없다. 누군가는 필리핀에 외가가 있고 누군가는 친가가 아예 없듯이, 누군가의 아빠는 치킨집 사장이지만 누군가의 아빠는 설비 기사로 일하듯이, 누군가는 빌라에 살고 누군가는 아파트에 사는 거다. 반면 이 동네 애들은 모두 '진짜' 한국인이고, 아빠들은 죄다 근사한 사무실에서 일하고, 집은 언제나 아파트다. 여기에 몇 번을 오더라도 익숙해지지 않을 것 같다는 생각이 들자 승윤 형이 돌연 낯설어졌다. 그러나 돌아보면 이 낯선 감각은 처음부터 내 안에 있었다.

1

 이승윤은 한때 박승윤이었고 그 전에는 강승윤이었다. 박 씨 성의 어머니가 강 씨 성을 가진 남자와 이혼했다가, 몇 년이 지나 이 씨 성을 가진 남자와 재혼하면서 그렇게 된 것이다. 우리가 처음 친해진 건 승윤이 박승윤이었을 때였다. 그 당시에 우리는 같은 아동 센터에 다녔다.
 아동 센터란 지자체와 민간 시설이 협약을 맺어서 학교가 끝난 뒤에 딱히 갈 곳이 없는 아이들을 저녁까지 맡아 주는 곳이다. 집에서 혼자 휴대폰이나 만지작거리는 것보다는 또래 아이들과 함께 공부하는 편이 나으니까. 물론 공부라고 해 봐야 자습서를 푼 뒤 검사받는 수준이고, 채점하는 선생님들도 전문 강사가 아니라 자원봉사자거나 센터에 배정된 공익 요원이었다. 비싼 돈을 내고 다니는 축구 교실이나 영어 학원 같은 곳과는 달랐다는 뜻이다.

그래도 나는 아동 센터가 좋았다. 초등학교 교실과는 달리, 센터에서는 내가 유별나다는 생각을 내려놓을 수 있었기 때문이다. 자신에게 친절한 어른의 옷을 잡아당기다 못해 늘려 놓거나, 뭘 원하는지 몰라서 소리만 질러 대거나, 한국어를 모르는 데다가 같은 나라에서 온 애도 없어서 대화가 아예 불가능한 애들이 여럿이었지만 그중 어떤 것도 눈에 띄는 잘못이 아니었다. 센터에서는 그게 당연했고, 한번 친구가 되면 뭐든 그러려니 하게 됐다.

마찬가지로 한 살 터울은 아무 문제가 아니었다. 일곱 시가 되어 센터가 문을 닫으면 나는 승윤과 함께 엄마 가게에 딸린 쪽방에서 놀았다. 거기엔 숙제를 할 수 있는 협탁과 게임기와 담요가 모두 있었다. 가끔 엄마가 간식을 챙겨 줬다. 그렇게 시간이 흘러 밤이 되면 승윤의 어머니가 와서 아들을 데려갔다. 생판 모르는 애를 맡아 줄 만큼 너그러운 미나 씨에게 고마워하면서. 가끔 과일 상자도 건네면서.

그때는 알게 모르게 유세를 부리는 마음이 있었던 것 같다. 의견이 엇갈리는 사안이라면 내 입장을 밀어붙일 수 있다고, 그러면 승윤이 져 줄 수밖에 없으리라고 믿었던 것이다. 그건 어느 정도 사실이었다. 호칭만 봐도 그랬다. 아무리 친하더라도 초등학교 시절에는 한 살 차이가 무척이나 크다. 하지만 나는 학교에서도 승윤이 같은 반 애들이랑 있든 말든 승윤에게 야, 하고 편하게 반말을 했다. 그건 자존심 상하는 일이다. 그러니까 나는 간신히 주먹

다짐을 벌이지 않을 선에서만 승윤의 자존심을 살폈고, 평소에는 항상 기세등등했다. 몸싸움을 벌인다면 내가 이기리라는 판단이 크게 작용했을 것이다. 나는 어릴 때부터 키가 컸으니까.

2학년 때까지는 이런 구도가 그런대로 유지됐다. 3학년이 되고부터는 승윤이 슬슬 언짢은 기색을 내비치기 시작했다. "내가 가만히 있으니까 진짜 너랑 똑같은 거 같아?" 하는 질문을 들은 적도 있다. 아동 센터가 끝난 뒤 엄마네 가게로 가던 중이었다. 나는 그게 무슨 뜻인지 알면서도 "뭐, 우리 친하잖아." 하고 대꾸했다. 승윤은 가만히 멈춰서 날 노려봤고, 나는 모른 척 계속 걸었다. 그러다가 문득 뒤를 돌아보니 승윤이 한 블록 너머에서 까맣고 작은 점으로 변해 있었다.

"야, 안 와? 나 혼자 간다?"

나는 큰 소리로 외친 뒤 그 자리에 멈춰 섰다. 오래도록 아무도 움직이지 않았다. 그때 나는 이렇게 생각했던 것 같다. 어쭈, 해 보자 이거지. 빨리 달려와서 한 대 때려 봐, 아니면 울면서 혼자 집에 가든가. 난 손해 볼 거 없으니까. 그러면서도 내가 심하게 굴었다는 건 자각하고 있어서, 양심이 쿡쿡 찔리기도 했다. 초등학교 3학년에게는 그게 정말로 중요한 문제였다. 기강을 확실히 잡아 보려는 마음 절반, 동생으로서 미안한 마음 절반으로 승윤의 표정을 그려 보던 찰나였다. 돌연 나타난 자동차 전조등이 승윤이 있던 자리를 훑고는 스르륵 사라졌다. 곧 승윤이 어둠 속에서 나타나더니 나를 향해 비척거리며 다가왔다. 걷는 자세가 한쪽으로 기울어 있었다. 가까이서 보니 얼굴이 새하얬다.

"나, 발등 밟혔어……."

"아까 그 차?"

나는 어른처럼 덧붙였다.

"번호판 봤냐."

"아니, 하나도 못 봤어. 발 아파."

승윤은 발가락을 꼼지락대더니 명치라도 얻어맞은 듯 숨을 격하게 몰아쉬었다. 그러곤 소리 내어 울기 시작했다. 물풍선이 터지는 것 같았다.

"확인하고 올 테니까 잠깐 앉아서 기다리고 있어."

나는 승윤을 그 자리에 앉혀 두고 자동차가 떠나간 방향으로 달려갔지만, 이미 사라진 지 오래였다. 더 달린다고 해서 붙잡을 수 있을 것 같지도 않았다. 돌아오자 승윤은 벽에 기댄 채로 엉엉 울고 있었다. 나는 승윤을 부축한 뒤 가게까지 갔고, 엄마는 우리 꼴을 보고 승윤이네 어머니에게 연락한 후 119를 불렀다. 다행히도 발등에 약간 금이 간 걸 제외하면 큰 문제는 없었지만, 나는 뒤를 돌아보지도 않고 구급차에 올라타는 승윤을 보면서 불현듯 이 관계가 슬슬 끝나 간다는 느낌을 받았다. 그 후 몇 주간은 아무 일도 없었던 것처럼 함께 놀았는데도 그랬다. 그래서인가 어느 날 갑자기 승윤이 이런 말을 꺼냈을 때, 나는 올 게 왔구나 생각할 수밖에 없었다.

"우리 엄마 재혼할 거 같아. 재혼하면 나 전학 갈 수도 있어. 아저씨가 나한테 호주 다녀오라고 했거든."

"왜?"

"그게 좋대."

"너 영어 하나도 못하잖아."

"그러니까 가래."

두 달이 지나 승윤은 아동 센터에서 사라졌고, 다시 두 달이 지나서는 내 삶에서도 사라졌다. 그 이후 학교에서 사귄 친구들과는 자주 싸웠다. 이유는 크게 두 갈래였다. 나는 동갑내기들을 아무 데나 끌고 다닐 수 있는 동생처럼 취급했지만 정작 그 녀석들에게 나는 가짜 한국인이었다. '테러리스트'나 '외노자' 같은 별명은 기본이고, 분위기가 험악해지면 곧바로 "너희 나라로 돌아가."라는 소리를 듣게 된단 말이다. 불법 체류자 신고를 하겠다며 을러대는 애들마저 있었다. 많았다. 내 국적은 처음부터 한국이었는데 말이다.

그런 말이 차별이고 혐오 발언이라는 건 모두가 알지만 세상일은 배운 대로 돌아가지 않는다. 돌봄이란 타인의 상처를 건드리지 않는 일이고 욕설은 그 반대라서, 다문화 교육을 열심히 들은 녀석일수록 어떤 식으로 타인의 상처를 건드려야 가장 효과적일지를 잘 알았다. 한편 객관적으로 봤을 때 나는 어떻게든 한 대

먹여 주고 싶을 만큼 퉁명스러운 애였다.『우리들의 일그러진 영웅』에 나오는 엄석대는 성격이 나쁘긴 해도 사람을 끌어당기는 능력만큼은 확실했는데, 나는 그런 케이스가 아니었던 것이다. 심지어 축구 실력도 그닥이었다.

 나는 그냥 싸움박질 몇 번으로 상호 불가침 조약을 얻어 낸 데에 만족했고, 혼자 다녔다. 승윤과의 일들을 뒤늦게나마 곱씹기 시작한 건 그때부터였다. 정말로 호주에 있을까? 대뜸 호주에 간다고 영어를 배울 수 있을까? 호주 애들도 외국인을 보면 네 나라로 돌아가라고 외칠까? 영어로는 뭐지? Go back to your country. 그나저나 승윤 성격으로는 욕을 먹어도 못 싸울 텐데. 나는 삼 년짜리 친구를 영원히 그리워할 만큼 감상적인 아이가 아니었지만, 때때로 후회했다. 자동차 바퀴에 발이 깔리게 해서 미안하다고, 내가 밀친 게 아닐지라도 그건 내 잘못이 맞다고 인정해야 했다는 느낌을 지우기 어려웠다.

 그런 생각이 거듭되는 사이 기억 속의 승윤 형은 골목 가장자리에 주저앉아 엉엉 우는 모습으로만 굳어져 갔고, 그래서 다시 만나게 되었을 때는 무척이나 놀랐다. 고등학교 1학년 2학기 중간고사가 끝난 직후, 국어 논술형 문제에서 석연찮은 이유로 감점당한 걸 확인하고 교무실에 들른 차였다. 선생님과 짧은 갑론을박을 벌인 뒤 3.5점을 올려 받기로 하고 돌아서는데, 처음 보는 애가 파티션 건너편에서 나를 향해 손을 흔들었다. 내 이름도 알고 있었다.

"야, 너 김주현 맞지. 예전에 성동초등학교 다녔던 김주현."

"맞긴 한데, 왜?"

녀석은 밖에서 이야기하자는 듯 엄지로 복도 쪽을 가리키더니 슬슬 걸음을 옮겼다. 나는 따라 나갔다. 교무실 문이 닫히자마자 예상치도 못했던 한마디가 들려왔다.

"오랜만이다. 나 박승윤이야."

승윤은 그러고는 자기 가슴팍을 내려다보았다. 교복 세트를 모두 갖춘다면 학생증 목걸이가 걸려 있어야 할 자리였다. 지금은 회색 생활복 티셔츠뿐이지만.

"지금은 이승윤이긴 해."

그렇게 말하며 씩 웃는 얼굴을 보자 내 안의 기억 하나가 확 깨졌다. 나는 더 이상 승윤을 야,라거나 너,라고 불러서는 안 된다는 사실을 알아차렸다.

"형, 그때 호주 간 거 아니었어? 다시 왔나? 그러면 지금 2학년이지?"

"아니, 1학년. 학기제가 달라서 일 년 꿇었어. 그 동네는 가을에 1학기 시작하거든. 8학년까지 다녔다가 작년에 한국 와서 중학교 3학년 됐던 거야. 중학교 졸업도 한국에서 했고."

그러더니 승윤이 나를 묘한 표정으로 봤다.

"나 여기 다니는 거 몰랐어? 호주 다녀온 형이라고 하면 다 아는데. 난 너 다른 학교인 줄 알았다."

"애들이랑 안 친해서."

"야, 알 만하다. 너 성격 그대로지?"

뭐라고 대답해야 하나 고민하던 와중 종이 울렸다. 우리는 휴대폰 번호만 교환한 뒤 각자 교실로 떠났다. 마지막 교시만 버티면 학교가 끝나는데 그 오십 분이 어찌나 길게 느껴졌는지 모른다. 종례를 마치고 휴대폰을 돌려받자마자 승윤에게 연락했다. 승윤은 학교 정문 뒤편 야외 농구장에서 만나자고 했다. 코트 옆에 운동 기구와 벤치가 설치되어 있는 곳이었다.

"어이."

먼저 가서 기다리고 있으니 승윤이 에너지 드링크 캔을 양손에 쥐고 나타났다. M자 로고 자체는 익숙했는데 캔 무늬가 낯설었다.

"뭐야, 그거. 신상인가?"

얼굴을 보기 전까지는 낯설고 조마조마한 마음뿐이었는데, 막상 얼굴을 보자 말이 편하게 나왔다. 어쩌면 그 태연함을 뒷받침하는 건 친근감이 아니라 안도감일 수도 있었다. 엉엉 우는 초등학생이 자신만만한 유학파 고등학생으로 바뀌면서, 매양 공회전하던 죄책감을 내버릴 수 있게 된 것이다. 어쨌거나 뜻밖의 재회가 반갑긴 했다.

"블랙커런트 맛인데, 원래 호주에서 먼저 나온 거야. 한국에서는 못 봤는데 얼마 전에 새로 출시됐더라."

"아, 이상한데. 혀에 배터리 지지는 거 같다. 진짜 배터리 맛 난다고."

"그냥 쭉 마셔. 처음엔 이상할 수도 있는데 익숙해지면 진짜 중독돼."

달콤한 첫맛이 가시자마자 떫고 씁쓸한 기운이 확 올라오는 게, 좋아하기 어려운 맛이었다. 승윤이 사 준 게 아니었더라면 당장 하수구에 부어 버렸을 것이다. 하지만 지금은 잠자코 이야기를 들을 때였고, 10월 초의 햇볕은 한여름 수준이었다. 별수 없이 중간중간 한 모금씩 마시다 보니 대화가 끝날 무렵에는 캔이 바닥을 드러냈다. 긴 이야기였다. "내가 어릴 때는 찐따였잖아."로 시작한 뒤, "내가 호주가 아니라 미국 갔으면 총기 난사 했을 거야."를 지나, "그래도 지나 보니까 좋은 경험 같더라."로 끝나는 이야기.

승윤의 새아버지인 이정엽 씨는 정이 많으면서도 단호한 인물로, 독특한 듯 평범한 인생철학의 소유자였다. 사자는 자기 새끼를 절벽에서 떨어뜨린다는 말을 묘하게 이해해서, 아이는 일단 절벽에서 떨어져 봐야 한다고 믿는 사람이라고나 할까. 그런 사람에게 초등학교 시절의 승윤은 안쓰러운 만큼 고쳐야 할 존재였을 테다. 승윤은 우선 지방의 대안 학교로 보내졌고, 그다음에는 호주로 갔으며, 고등학교에 입학할 나이에 맞추어 한국으로 돌아왔다. 대안 학교를 다닐 때까지는 그럭저럭 살기가 좋았다는 게 승윤의 설명이었다.

"눈치가 보이잖아. 아저씨는 잘나가는 사람이고 우리 엄마는 얹혀사는 입장이니까 누가 뭐라고 안 해도 내가 혼자 겁을 먹는단 말이야. 게다가 갑자기 나 혼자 지방에서 살게 됐으니까 기분도 이상하지. 최선을 다하면 집으로 돌아갈 수 있을 거 같았고, 최선을 다하니까 의외로 잘되더라. 방학에 집에 가니까 아저씨가 나한테 영어를 읽어 보라 그러데. 읽었지. 영어 뉴스 하나 틀고 무슨 내용이냐고 묻길래 더듬더듬 대답했어. 그러니까 돌아오는 말이, 너 그러면 호주에 가라, 호주에 가도 되겠다. 거기서 싫은데요, 하고 대답할 수가 없잖아. 그래서 억지로 갔는데 존나 힘들었어. 진짜 죽을 뻔했어. 어찌저찌 적응하긴 했는데 솔직히 미친 상황이었어."

"외국인들이 괴롭히고 그래?"

승윤은 나를 빤히 바라보더니 툭 물었다.

"너 모의고사에서 영어 몇 등급 나왔냐?"

"3등급. 그건 왜?"

승윤이 갑자기 유창한 발음으로 영어를 쏟아 냈다. 익숙한 단어들이 드문드문 섞여 들리긴 하는데 워낙 빨라서 무슨 말인지 알아들을 수가 없었다. 멍한 기분으로 눈을 깜박이자 승윤이 와하하 웃어 젖혔다. 왜인지 패배한 기분이었다.

"귀 트이기 전에는 말이 안 통해. 말이 안 통하니까 같이 놀 애도 없고, 귀가 트이더라도 친구 사귀는 건 또 별개인데, 야, 걔네들 발육이 엄청 빠르거든. 거기서 중1이면 여기서 고1 수준이야. 그런데 너희 팀에만 초등학생 끼고 축구하라고 하면 하겠냐."

"안 하지."

"이 나이 먹고 초등학생이랑 얘기하면 재밌겠냐."

"아니지."

"그러니까 내 입장에선 미치지."

"그래도 결국 적응하긴 한 거 아닌가."

"야, 그러니까 내가 대단한 거야. 외워. 이승윤은 존나 대단하시다."

승윤은 그렇게 말하더니 마술 쇼라도 벌이듯 과장된 몸짓으로 양팔을 활짝 벌렸는데, 나한테는 그게 농담으로 느껴지지 않았다.

한편 이정엽 씨는 잘나가는 고물상 사장이기도 했다. 고물상은 구현동 바로 옆 청죽면에 자리 잡고 있었는데, 폐지 무게를 달아서 일 킬로그램당 칠십 원씩을 쳐 주는 곳과는 수준이 달랐다. 대형 마트와 동네 슈퍼를 비교할 수 없는 것과 같은 이치였다. 버려지는 기계 부품들을 수거해 부순 뒤 금이나 구리 따위를 긁어내어 되파는 게 이정엽 사장님의 일이었다. 물론 사장님이 직접 부수진 않았다. 사장님의 업무는 주로 사람들을 만나고 다니면서 계약을 따내는 거니까. 계약서를 쓴 다음부터는 연구원과 사무원과 몸 쓰는 사람들이 일할 차례였다.

"예전에 아저씨 업장에 구경을 갔어. 원자재를 추출하려면 일단 기계를 작은 조각들로 박살 내야 하거든? 그러면 바닥에 번쩍거리는 먼지가 생기는데, 그게 죄다 금가루야. 금이랑 각종 희귀 금속. 직원들이 그것까지 다 모아 담아."

"오."

나는 반사적으로 감탄을 터뜨렸지만 구체적으로 무슨 반응을 보여야 할지는 몰랐다. 웨이퍼라든지 니켈 따위는 너무나도 낯선 세계의 낯선 이름들이었던 것이다. 떠오르는 말이라고는 기껏해야 '그거 몰래 한 국자 떠 가면 백만 원 이득 아니야?' 수준이라서, 이젠 정말로 완전히 진 기분이었다. 나는 괜히 현실적인 문제를 꺼내 들었다.

"그러면 나중에 형이 회사 물려받는 건가?"

"그럴 리가. 위로 형이 한 명 있어. 서른 살인데 지금 벌써 부장 달고 있대. 나는 그냥 열심히 공부해서 의대 가라던데."

나는 남은 대화에서는 완전히 끌려다녔다. 그러다가 헤어질 시간이 되어 혼자 남고부터는 얼떨떨해졌고, 멍했다. 이런 식의 재회는 상상해 본 적이 없었다. 해장국집 문을 여는 순간에는 승윤이 양팔을 벌리며, 이승윤은 존나 대단하시다, 하는 장면이 눈앞에 번쩍이기까지 했다. 나는 줄곧 엄마가 대단한 사람이며 이 가게가 바로 그 증거라고 믿어 왔지만 오늘은 느낌이 달랐다. 리놀륨 바닥은 반질반질하게 닦아 놨는데도 찌든 때가 여전했고, 약간 어두침침한 형광등 불빛이 그 위에 스치듯 얹혀 있었다. 나는 금가루가 먼지처럼 널브러진 공장 바닥을 상상하면서 엄마의 노력이 어딘가 빛바래는 걸 느꼈다. 이런 식으로 생각해선 안 된다는 걸 아는데도 그랬다. 그 상태로 주방에서 설거지를 돕고 있으니 가슴이 정말로 답답해졌다.

"엄마, 예전에 박승윤 기억하지."

"당연히 알지. 초등학생 때 맨날 같이 놀았잖아."

"몰랐는데 같은 학교더라. 개도 중산고등학교야. 중학교 2학년까지 호주에서 다니다가, 얼마 전에 한국 왔대. 키도 컸고 성격도 많이 변했던데."

"이왕 호주 갔으면 쭉 거기 있지, 왜 한국에 왔대니? 적응을 잘 못했나?"

"아니, 유학은 영어 배우려고 간 거고 대학은 한국에서 다닐 거라서 미리 왔다던데. 의대 노리고 있대."

"잘됐네. 승윤이한테 언제 한번 가게 놀러 오라 그래. 얼마나 컸는지 보자."

엄마는 딱 그렇게만 말했다. 승윤이 어디에서 중학교를 나왔든 간에 똑같은 말이 나왔으리라는 생각이 들었다. 내가 문제인가, 싶던 찰나 다음 질문이 이어졌다.

"그나저나 승윤이는 공부 잘하나 보네?"

"안 물어봤는데 아마 그럴걸."

"주현이도 공부 더 열심히 해서 의대 노려 봐라. 피크 타임 설거지할 사람 따로 구할 테니까, 공부에 집중해. 엄마가 예전부터 말했잖아, 주현이가 큰사람 되는 게 지금 당장 설거지하는 것보다 더 큰 효도라고."

"아, 엄마, 기껏 일 돕는데 그러긴가. 이거 알바로 돌리면 최소한 한 달에 돈 백만 원 깨지고, 학원이라도 몇 개 더 다니면 오십 추가로 나간다."

"엄마가 고등학교 이 년간 달에 백오십도 못 댈 사람은 아니야."

"어차피 의대 갈 성적 안 나온다니까 그러네."

"그러니까 갈 수 있는 성적을 만들 수 있도록 시간 빼 주겠다는 거잖아. 얘는 맨날 진상들 보면서도 정신을 못 차려. 한국은 잘나갈수록 좋게 봐 주는 나라야. 가게 일 하면 동남아 아줌마지만 의사 가운 입고 있으면 선생님인 거 몰라서 그래? 게다가 네 성격이면 선생님 소리 듣고 살아야 돼. 조금이라도 눌리면 바로 스프링처럼 튀어 올라서 들이받잖아."

"아니거든?"

"얘 봐라, 또 성낸다."

"내가 보니까 사춘기가 아직 안 끝났어."

깔깔 웃는 엄마에 이어 고모까지 가세했다. 나는 자폭 단추를 누르는 심정으로 씩씩거렸다.

"진짜 그러시기예요? 고모는 이렇게 일 잘 돕는 사춘기 봤어요?"

캐리커처 31

"아유, 미안하다. 우리 주현이가 최고지."

입 다물고 일에 집중하려 했지만 생각까지 멈출 수는 없었고, 대화를 곱씹을수록 열이 올랐다. 나는 종종 엄마가 돌아갈 고향이 없는 까닭에 한국을 너무 과하게 사랑한다는 인상을 받았다. 그건 정말 노력의 경지였다. 하지만 사랑하기 위해 노력씩이나 필요하다면 애당초 사랑할 구석이 부족한 것이다. 가게 일 하는 사람을 얕잡아 보는 나라라면 내가 의사 가운을 입더라도 달라지는 건 없다. 인터넷 게시판만 들어가 봐도 소위 '다문화 학생'들이 특별 전형으로 의대에 쉽게 입학한다고 믿는 사람들이 한가득이다. 하지만 엄마는 그런 사실은 결코 모르는 척했다.

물론 의사가 식당 점원보다 좋은 대우를 받으리라는 것 자체는 나도 인정했다. 엄마의 태도에 반감을 느끼면서도 의대에는 가고 싶었다. 누가 특별 전형으로 의대에 입학시켜 준다면 로또라도 맞은 기분일 것이다. 그런 전형이 없는 게 문제일 뿐이다.

그래서 사실은 학원에 가고 싶은 마음이 컸는데, 나를 지레 겁먹게 만드는 건 학원에 다니더라도 성적이 그대로일 가능성이었다. 요새는 동네 밥집마저 매상이 줄어들 만큼 경기가 나빴고, 그런 와중 식자재 물가가 날로 치솟았지만 메뉴 가격은 천 원도 올리기 버거웠으며, 엄마의 주식 계좌는 아직 플러스긴 해도 '진짜 돈'은 아니었다. 공부를 하겠답시고 난리를 쳐 놓고는 매달 백오십씩을 허공에 버리는 불효자가 되기는 싫었다.

결국 내 심정은 복잡했다. 의사가 되면 모든 문제가 해결된다는 엄마의 진단이 마뜩잖았지만 나 자신은 의대에 붙고 싶었고, 학원에 다니고 싶었지만 내 밑천이 드러날까 봐 겁이 났다. 승윤에게 힘든 일이 많았으리라 짐작하면서도, 고통과 노력을 대가로 뭐라도 얻을 수 있다니 부럽다는 생각이 들기까지 했다. 순전히 힘들기만 하고 아무것도 보답받지 못하는 삶이 수두룩한 판에.

◆

긴 고민의 결론은, 내가 추하다는 거였다. 자연스러운 심리인 것과는 별개로 추했다. 그 사실을 외면하려면 승윤과의 재회를 반겨야만 했고, 그러다 보니 오랜만에 친구가 생겼다. 승윤의 무리에 끼어들어 가게 된 것이다. 공교롭게도 승윤과 내가 같은 게임을 했던 덕에 멀어졌던 거리가 확 좁아지기도 했다. 처음 느꼈던 당혹감과 낯섦은 금방 사라졌다. 최소한 없는 셈치고 넘길 수 있었다.

하지만 한 달가량이 지났을 무렵, 승윤이 갑자기 이렇게 물어오자 마음이 복잡해졌다.

"언제 한번 저녁 같이 먹자. 엄마가 너 오랜만에 보고 싶어 하시거든."

"혹시 형네 아버지도 오시나?"

"그러면 밥 먹는데 아버지만 빼냐?"

"내 입장에선 부담스럽긴 한데."

"부담스러울 게 뭐 있냐. 어차피 우리 엄마랑 네 엄마랑 친해서, 아버지도 너 누군지 알아. 그냥 와."

나와 승윤이 가까워지면서 어머니끼리도 다시 연락을 시작했다고 들었다. 엄마는 가게에 매여 있고 승윤의 어머니는 가정주부가 되었으니 같이 다닐 짬을 내긴 어렵지만, 간간이 소식을 주고받을 정도는 된다는 거였다. 하지만 그건 어른들끼리의 일이다. 나한테 승윤의 어머니는 딱 얼굴만 아는 아주머니고, 새아버지는 얼굴도 모르는 아저씨란 말이다.

"알았어."

그래도 식사 한 번쯤은 괜찮겠지 싶었다. 대답이 떨어지자마자 승윤이 떠올랐다는 듯 당부를 더했다.

"아, 우리 아버지가 성적 어떻냐고 물어보실 수도 있거든. 최대한 자세하게 대답해."

"왜?"

"하라면 해. 설명하기 귀찮아."

승윤은 더 묻지 말라는 듯 휘파람을 불어 댔고, 나는 언짢아하면서도 내심 기대했다. 회사 사장씩이나 되는 사람이 고등학생 성적을 물어보는 데에는 궁금증 이상의 이유가 있을 터였다. 당장 며칠 전에, 승윤이 대형 강의를 수강하러 주말마다 대치동으로 올라간다는 이야기를 듣지 않았던가. 그때 나는 진심으로 부러워했다. 나는 표정에 속마음이 바로 보이는 스타일이라고들 하니까 승윤도 금방 알아차렸을 테고, 저녁 초대가 그 일과 연관이 있다면…….

바로 그 주 주말, 나는 소갈빗집 테이블에 앉아 공손해 보이도록 고개를 살짝 수그리고 있었다. 네가 어릴 때부터 같이 다녔다는 친구구나, 둘 다 많이 달라져서 놀랐을 텐데 요새 사이가 어떠냐, 하는 문답이 몇 차례 오가던 와중 아저씨가 웃음기를 살짝 섞어 한마디를 던졌다.

"어른 앞이라고 너무 긴장한 거 아니냐?"

승윤이 나 대신 말을 받았다.

"얘는 원래 진지해요."

"편하게 있어라, 편하게. 그러다가 체하겠다."

나는 그제야 어깨에서 힘을 뺐다. 밥 한 번 먹는 일일 뿐인데 벌써부터 설레발치며 긴장하는 게 우스꽝스럽다는 생각이 들었다. 하지만 기대감마저 내려놓을 수는 없었고, 아저씨가 하는 이야기들은 여전히 의미심장하게 들렸다. 그래서인가 이 말이 나왔을 때는 오히려 태연할 수 있었다.

"아저씨도 어릴 때 고생을 많이 해서, 잘사는 집에서 공부만 한 애들보다는 파이팅 있는 애들이 더 좋다. 파이팅이 있다, 헝그리 정신이 있다는 거 아니겠냐. 사람 써서 일 시키는 입장이 되어 보니까 요새는 동남아 사람들이 한국인보다 훨씬 성실해. 이제 이삼십 년만 지나면 동남아 사람들이 변호사도 되고 대통령도 될 거야. 아저씨는 주현이처럼 열심히 사는 애들이 잘됐으면 하는 사람이다. 알겠지."

"감사합니다."

"주현이는 모의고사 성적이 어떻냐."

"최상위권은 아닌데 그럭저럭 나옵니다."

"자세히 말해 보라 이거야."

"국어는 1등급인데 나머지가 들쭉날쭉합니다. 보통 3등급 내외고 운 나쁘면 5등급으로 주저앉기도 하고 그래요. 제일 간당간당한 건 탐구고요. 다른 건 거의 비슷하게 가는데, 탐구 과목은 학교 성적에 비해 많이 안 나왔어요."

아저씨는 나를 유심히 바라보더니 부드러운 목소리로 말했다. 우대갈비를 척척 주문하더니 육회도 하나 시켜 줄까, 하고 물을 때와 똑같은 어조였다.

"너, 승윤이랑 같이 주말 강의 들을 테냐? 레벨 테스트가 있으니 반은 다르겠지만 서울까지 데려다주고 편의 봐주는 것은 가능해."

마음 같아서는 그 자리에서 펄쩍 뛰어오르며 큰절이라도 하고 싶었지만, 나는 부담스러운 척 고개를 내저었다. 덥석 제안을 받아들인다면 나쁜 인상을 줄 거라는 생각에서였다. 아저씨가 씩 웃으며 "싫으면 말아라." 했을 때는 후회가 일었지만, 딱 그 정도의 무게감만 실린 제안이었다면 어차피 안 될 일이었던 셈 치기로 했다.

승윤의 어머니가 해장국집에 찾아온 건 그로부터 며칠 뒤였다. 그분은 수육 대(大)자 하나를 포장 주문하더니 메뉴가 나오길 기다리는 동안 휴게실에서 엄마와 길게 이야기했다. 내 학원에 대한 이야기였다.

나중에 듣기로는, 승윤의 어머니에게는 오랜 부채 의식이 있었다고 한다. 비슷한 상황의 해장국집 사장님에게 아들 일로 신세를 지다가, 자기 혼자 신데렐라처럼 숨 가쁜 삶을 벗어나서 미안함을 느꼈다는 것이다. 그 미안함 때문에 도리어 재혼한 뒤부터 해장국집에 들르지 않게 되었고, 그래서 죄의식은 점점 더 깊어지다가……. 나는 그게 그토록 죄스러울 일인가 생각했지만 사람 마음이라는 게 그렇다니 받아들이기로 했다. 학원비를 떠넘기는 것도 아니고, 교통편과 식사 정도만 신세 지는 수준이니 괜찮으리라 생각하면서.

결국 내가 토요일마다 대치동 학원에 가게 된 건 승윤의 어머니가 원한 일이었고, 또 우리 엄마가 원한 일이기도 했다. 엄마한테도 엄마의 미안함이 있었던 것이다. 이제 내 차례였다. 나는 그 둘에게 미안하지 않기 위해서라도 최선을 다해야만 했다.

그런데 예나 지금이나 유독 거슬리는 게 있다. 동남아시아와 남아시아는 다른 지역이다. 그 둘은 미국이랑 칠레만큼이나, 혹은 러시아와 이탈리아만큼이나 다르다. 미나 쿠마란 씨는 스리랑카에서 왔으니까 남아시아 출신이고 지금은 한국인이다. 김주현은 처음부터 한국에서 태어났다. 하지만 사람들은 내 엄마가 실제로 어디에서 왔든 간에 동남아 사람이라 하고, 나도 종종 그런 말을 듣는다. 심지어는 우리더러 이슬람이라거나 흑인이라 부르는 사람도 있다. 진짜 문제는 우리가 얕보인다는 사실 자체일 텐데, 사람들이 아프리카와 중동과 남아시아와 동남아시아를 구분하지 못하는 게 왜 이토록 언짢은지 모를 일이다. 말로 설명이 안 된다.

내가 기분 나빠하는 건 한두 개가 아니다. 승윤의 새아버지가 동남아 사람들의 성실성을 칭찬할 때조차도 나는 언짢았다. 그래도 어른들 앞에서는 참는다. 가게에서 진상을 만나더라도 웬만하면 참는다. 학교에서는 어렵다. 승윤과 같이 다니면서부터 나는 내가 줄곧 혼자였던 이유를 새삼스레 깨닫기 시작했다.

2

승윤은 어디서나 사람을 끌고 다니는 스타일이었지만 고정적으로 어울리는 애들은 대여섯뿐이었다. 나와 다른 한 명을 빼면 나머지는 모두 중학교에서부터 같이 올라온 경우로, 공교롭게도 그중 둘이 필리핀과 연이 있었다. 정노아와 요한이었다.

노아는 사사건건 깐족대는 듯하면서도 선은 지키는 스타일이라서, 승윤과 죽이 잘 맞았다. 건방진 동생 역할을 자처하며 승윤이 너그러운 형님 행세를 할 수 있도록 돕는 것이다. 미리 각본을 짜 놓고 한 대씩 주고받는 프로레슬링 경기의 전문가라고나 할까. 게다가 방과 후에는 배달 아르바이트를 뛰었기 때문에 '진짜 어른' 같은 분위기마저 풍겼다. 자기 계좌에 돈이 벌써 오백만 원이나 모여 있고, 휴대폰에는 게임 대신 코인 투자 애플리케이션이 깔려 있는 그런 어른. 따라서 승윤 무리는 승윤이 상왕(上王)이고 노아가 실질적인 대장인 구도였다.

　반면 요한의 포지션은 묘했다. 보통은 남이 말을 걸기 전까진 입을 다물고 있었고, 질문에 답할 때도 어색한 분위기를 풍겼다. 먼저 농담을 던지더라도 반응은 좋지 못했다. 대화 흐름에서 미묘하게 어긋나거나 인터넷에서나 통할 법한 이야기를 꺼내기 일쑤였던 것이다. 부동산 서열이라거나 한국 반도체의 미래라거나 국민 연금 같은 이슈를, 게시글 몇 개 주워 읽은 걸로 아는 체하다 들통난다면 우스울 수밖에 없다. 키까지 작으니까 더 얕보였을 것이다. 노아는 이름으로 불리는데 요한만 '동남아'가 별명이라면 취급 차이를 알 만했다. 그런데도 요한이 완전히 무리에서 떨어져 나가지 않은 건 승윤의 비호 덕분이었다. 그걸 비호라고 부를 수 있을진 모르겠지만.

　이 부분을 설명하려면 게임 이야기를 해야 한다. 승윤은 호주에 있을 때부터 '리그 오브 레전드', 즉 '롤'을 플레이해 왔다. 학교에 적응하지 못하던 시절에는 방에 틀어박혀 온종일 게임만 했고, 그러다 보니 게임 등급이 부쩍 올랐다고 했다. 그런 경험이 뜻밖에도 '영어 실력도 이렇게 늘 수 있지 않을까?' 싶은 생각에 불을 붙였다는 거였다. 롤은 승윤에게 현실 도피의 수단이자 현실로 돌아온 계기였던 셈이다. 거기까진 좋다. 문제는 한국에서 롤이 예전만큼 인기를 끌지 못한다는 데에 있었다. '로블록스'나 '발로란트' 같은 신진 주자들과 다양한 모바일 게임이 치고 올라오는 상황이었다. 심지어 승윤의 롤 실력 등급인 '티어'는 다이아 4로, 수능으로 치면 1등급 끄트머리에 걸려 있었으니 어울릴 실력이 되는 친구를 찾기도 어려웠다. 다섯 명이 한 팀이 되어 싸우는 게임인데 1등급 리그에 4등급을 끼워 줄 수는 없단 말이다.

따라서, 다이아 다음 티어 에메랄드 1인 요한은 승윤에게 성가시면서도 반가운 파트너가 되어 주었을 것이다. 내가 짐작하기로는 그렇다. 요한을 제일 많이 구박하는 것도, 요한이 과하게 까이면 막아 주는 것도 승윤이었으니까. 그 모습을 지켜보다 보면 괴롭힘도 없고 친구도 없는 게 나은지, 아니면 친구를 사귈 수 있다면 괴롭힘쯤은 참을 수 있는지가 궁금해졌다. 요한은 후자를 택한 듯했지만 나는 항상 전자를 고르며 살아왔다. 덕분에 애들이 요한을 동남아, 동남아 하고 부르면서 등을 턱턱 치고, 승윤은 그걸 내버려두거나 거들고, 요한은 자존심도 없는지 실실 웃는 꼴을 보면 내가 다 짜증이 났다.

물론 나라고 해서 뾰족한 수가 있는 건 아니었다. 승윤 덕에 무리에 끼어들어 왔다는 점에서는 피차 비슷한 입장이었던 것이다. 노아와는 종종 가게에서 만나니까 예외인 셈 치더라도, 다른 애들과는 거의 말을 섞지 않았다. 그나마 발언권이 보장되는 건 내가 딱 필요할 때만 입을 여는 까닭이었다. 과묵함과 진지함을 판돈으로 쌓다가 적당한 시점에 패를 들추는 전략이라고나 할까. 나는 그것만큼은 잘했고, 그것 외에는 할 줄 아는 게 없었다. 그러니까 뭘 어쩌겠는가? 동남아라는 별명이 제3자 입장에서도 듣기 언짢으니까 이름으로 불러 주자고 제안하기? 그다음에 오갈 대화는 보나마나 뻔하다. 애들은 요한한테 지금 별명이 싫으냐고 물을 테고, 요한은 괜찮다고 답할 것이다. 그러면 나만 유난 떠는 놈이 된다. 당사자는 웃어넘길 일에 혼자 쓸데없이 진지해지는 놈.

"형, 근데 요한 좀 이름으로 불러 주면 안 되나. 듣기에 안 좋다."

언젠가 승윤과 단 둘이 있을 때 이야기를 꺼내 봤다. 형의 반응은 묘하게 심드렁했고, 적대감마저 살짝 섞인 듯했다.

"걔가 싫대냐? 너한테 직접 그랬어?"

"아니, 내가 듣기에 안 좋다고."

"네 일도 아닌데 뭐가 안 좋아."

"멀쩡한 이름 냅두고 동남아는 아니지."

"아닐 게 뭐 있어. 야, 그러면 요한이 동남아지 유럽이냐?"

"노아는 그냥 정노아인데."

그렇게 말해 놓고 보니 노아의 심리가 의아스럽기도 했다. 노아 자신은 그런 분위기와 거리를 뒀지만 흐름 자체를 바꾸려 들지는 않았던 것이다. 마음만 먹는다면 충분히 가능할 텐데도. 승윤은 나를 빤히 보더니 혀를 쯧쯧 찼다.

"하는 짓이 같아야 같은 대접을 해 주지, 노아가 요한이랑 같냐. 그래도 잘해 주려 노력하고 있긴 해."

"그런 별명 붙이는 게 노력인가. 난 아니라고 보는데. 형도 호주

살면서 힘든 거 많았을 테니까, 이런저런 부분 생각해서 잘해 줄 수도 있는 거잖아."

승윤은 잠깐 아무 말도 않더니 단호한 어조로 으르렁댔다.

"야 인마, 그렇게 부르는 이유가 있을 거 아니야. 너도 남아시아 할래?"

이건 농담이 아니라는 느낌이 확 왔다. 내가 초등학교 3년, 중학교 3년 내내 혼자 다닌 건 이런 상황이 싫어서였다. 말을 꺼내면 같이 욕을 먹고, 입을 다물면 방관자가 될 바에는 상종하지 않았다. 예전에는 그런 방식이 먹혔다. 이제는 다른 논리가 필요했다. 토요일마다 함께 대치동으로 올라가는 사이인데 학교에서만 승윤을 모른 체한다면 이상했다. 괜히 잘못 건드렸다가 대치동에서 강의 들을 기회를 잃고 싶지도 않았다. 승윤의 어머니가 학원 정보를 알아봐 주고 주말마다 운전해 주지 않는다면 나는 이 동네를 못 벗어난단 말이다.

아쉬울 구석을 되새기며 언짢은 느낌을 삼키자니 슬슬 승윤마저 싫어지려 했다.

고마워야 할 상대한테 이런 마음을 품다니 내가 배은망덕한 놈인가?

주야장천 들었던 평가가 모두 옳다. 나는 확실히 성격이 더럽다.

하지만 나한테는 기꺼이 굽혀 줄 만한 문제와 결코 아닌 문제 사이에 확연한 선이 그어져 있다. 나는 웬만하면 남한테 수그리고 싶지 않고, 좋은 게 좋은 거라는 식으로 웃고 떠들 인간도 못 된다. 만약 그게 정말로 좋은 일이라면 이유를 알아야 한다. 동어 반복만 할 게 아니라.

다행히도 그 주 토요일이 되기 전에 협상 기회가 또다시 생겼다. 이번 상대는 노아였다. 노아는 배달 아르바이트를 하다 보니 우리 가게에도 종종 왔는데, 엄마가 그 사실을 알게 되면서 상부상조 관계가 생겼다. 엄마 입장에서는 아들 친구한테 고기 한 접시 더 썰어 주고, 노아는 추가 서비스도 받고 매상도 올려 드릴 겸 종종 들러서 끼니를 때우는 것이다. 녀석이 평소 들르는 시간은 내가 일을 끝마치는 시간이랑 겹쳐서, 웬만하면 홀에서 마주칠 수 있었다. 밤 열 시 삼십 분이었다. 나는 냉장고에서 사이다 두 캔을 꺼내 든 뒤 노아 맞은편에 가서 앉았다. 순댓국밥에 열중하던 녀석이 눈동자만 슬쩍 움직여 내 얼굴을 확인하더니 고개를 까닥여 인사했다.

"여어."

입이 가득 찬 탓에 "으어."나 "어어." 쯤으로 들렸다. 나는 사이다를 밀어 건네는 것으로 대답을 대신했다. 노아는 냉큼 받더니 휴대폰 옆에 뒀다. 휴대폰 화면에서는 가상 화폐 차트가 실시간으로 오르내리며 산등성이 같은 모양을 그리는 중이었다. 지금은 오르는 구간인 듯했다.

"정 사장님, 벌고 계신 거 같은데 수육도 시켜 주시죠. 요새 자

영업자들 매상 안 나와서 힘듭니다."

공손한 말투로 너스레를 떨자마자 이렇게 농담할 수 있는 상대는 노아가 유일하다는 생각이 퍼뜩 들었다. 승윤에게 똑같이 말하는 상황은 상상하기 어려웠던 것이다. 노아는 차트 화면을 힐끔 보더니 미간을 살짝 좁혔다.

"지금 쇼트에 걸었으니까 조용히 해라. 나 오늘 일당 날아가게 생겼다."

가상 화폐 매매는 크게 두 방향이다. 가격이 올라갈 때 돈을 버는 롱(long)과 그 반대인 쇼트(short). 얼핏 보기로는 삼십 분 전부터 쭉쭉 오르고 있었으니 노아는 가게에 들어오기 전부터 잃고 있었다는 말이 됐다.

"남이 꼬라박는 데에 돈 거니까 천벌받는 거 아니겠냐. 마음을 착하게 먹고 살아."

"밥 먹는데 와서 지랄."

"아, 알았어. 국밥 내가 산다. 그러면 됐지?"

"아이고, 감사합니다. 수육도 추가요."

"오케이. 수육 소자로 간다?"

노아의 눈이 휘둥그레졌다.

"진짜 시켜 주게?"

"나도 지금 출출하긴 해. 같이 먹자."

"아니야, 내가 보기엔 목적이 따로 있어. 김주현은 착한 짓이라는 걸 할 줄 모르는 인간이거든. 나한테 부탁할 거 있어서 그러지?"

역시 노아는 눈치가 빨랐다. 하지만 멍석이 깔렸다고 대뜸 본론부터 꺼내긴 멋쩍어서, 나는 일단 주문부터 넣었다. 수육 소자에 순댓국밥 하나. 고모가 수육 가격은 용돈에서 까겠다고 했고, 나는 고개를 끄덕였다. 그 정도는 투자할 만했다. 사실 승윤이 그렇게나 감정적으로 반응하는 모습은 처음이라서, 요한의 별명이 불편한 것과는 별개로 사연이 궁금했던 것이다. 나는 자리로 돌아와서 끊긴 대화를 이어 갔다.

"내가 나쁜 짓 하고 사나?"

"평소에 네가 하는 꼴을 좀 돌아봐라. 애들이 어디 가 보자고 해도 됐다면서 쌩하니 가고, 말 걸어도 딱 단답하고, 뭐 먹는데 한입만 달라고 하면 됐으니까 니들 다 먹어라 하면서 넘기고, 어? 우리랑은 승윤이 형 얼굴 봐서 같이 다니는 거지, 이것저것 하고 놀기엔 수준이 안 맞는다 이거 아니야?"

"와, 단팥빵 나눠 먹기엔 작아서 그냥 준 거 가지고 이런 소리를 듣네. 수육도 내가 사는 건데. 앞으로는 누가 뭐라든 나 혼자 숨어서 먹을게."

"이거 봐. 김주현 이 새끼는 역시 본성이 악해. 인생 같이 사는 건데 자기밖에 몰라."

"사실 그게 요점이긴 한데."

"어, 이제 본론. 밥값은 해 드릴 테니 편히 말씀해 보세요."

"……내가 원래 좋게 좋게 넘어가는 게 안 돼. 아닌 건 아니라고 해야 직성이 풀리는 스타일이라 굽히는 거 절대 못 하고."

"선생님 성격은 제가 잘 알죠. 가만히 계시다가 가끔씩 툭툭 하시는 말씀이 다 훈장님 회초리질이잖아요. 김주현 선생님은 21세기에 태어났는데 마인드가 조선 시대 선비시다."

"그런데 내가 틀린 말은 안 한다는 걸 너도 알지?"

"언제나 정론, 직설이시죠. 이거 뭐, 선비님께서 분위기 잡고 직언을 하시니까 상놈들끼리 농담하기도 어렵고……. 김 선비님보다 살짝 덜 깐깐하신 선비님도 한 분 더 계시고……. 제가 많이 힘듭니다."

"쓸데없이 영업용 말투 하지 말고. 나 지금 진지하게 말하는 거다. 나는 요한을 동남아라고 부르는 게 좋다고 생각하지 않아. 그리고 정노아 너도 비슷하게 생각할 거야. 맞냐?"

노아의 표정에서 금방 빙글거리는 웃음기가 빠졌다. 그렇다고 해서 아주 심각해지진 않았다.

"별명 금지시켜 달라는 소리야?"

"그게 부탁해서 될 일이겠냐. 승윤이 형도 나름 선비 스타일이잖아. 그런데 가끔 보면 형이 제일 심한 거 같아서 이런다. 눈치 없고 이상한 소리 하는 거 외에도, 요한이 나쁜 취급 받는 이유가 따로 있을 거 같거든."

인터넷에는 기혼 여성, 미혼 여성, 유색 인종, 외국인 노동자, 성소수자, 육체 노동자, 장애인, 배달부, 저학력자, 지방민, 무주택자, 기타 등등 다양한 사람들을 위한 조롱이 마련돼 있었고, 조롱은 곧잘 유머의 탈을 뒤집어썼다. 비웃는 일과 웃는 일은 고작해야 한 음절 차이니까. 이런 상황에서라면 도덕 교과서와 다문화 교육은 하늘나라나 마찬가지다. 오직 선하며 사랑으로만 이루어진 세상은 명백히 존재한다. 어디에? 하늘 어딘가 보이지 않는 곳에. 반면 지상에는 악이 가득하다.

그런데 승윤은 호주에서 살다 와서 그런가, 혹은 기죽은 듯 살던 시절이 있어서 그런가 지상의 공기로부터 살짝 비껴 나간 것처럼 굴었다. 아마 둘 다 작용했을 것이다. 잘은 몰라도 호주는 한국보다 훨씬 '진보적'이라고들 하니까. 심지어 승윤에게는 분위기를 바꾸는 게 어려운 일이 아니었다. 말실수한 녀석에게 "야, 그런 얘기는 좀 그렇다." 하는 식으로 눈치를 주면 나머지도 알아서 입을 다물었던 것이다. 승윤은 꽤나 많은 주제에 대해 그렇게 했다. 그런데 요한만 예외인 게 평소부터 의문이었다.

아니나 다를까 노아가 반응을 보였다.

"어어, 이유가 따로 있어. 그거 건드리면 안 돼. 내가 보기엔 아직 덜 풀렸어. 이거를 내가 내 마음대로 이야기해도 되나 싶은데."

"아예 비밀인 문제면 넘어가도 되고. 나도 그 정도까지 깊게 알고 싶진 않아."

"비밀까지는 아니고 껄끄러운 수준이긴 한데⋯⋯."

망설이며 말꼬리를 흐린 노아는 다시 수저를 움직이기 시작했다. 사이다를 몇 모금 홀짝이며 기다리다 보니 수육과 국밥이 날라져 왔다. 노아는 엄마에게 인사하고 소소한 덕담을 주고받더니 음식 접시를 빤히 바라봤다. 뭔가 결심한 투였다.

"내가 알려 줄 테니까 건드리지 마. 승윤이 형한테 직접 물어볼까 봐 겁난다. 지난 일 굳이 들쑤셔서 뭐가 좋겠어?"

노아는 휴대폰을 들어 쇼트 매매를 청산하고는 이야기를 시작했다. 별명에 얽힌 사연은 완전히 예상 밖이었다.

시작은 중학교 3학년 때였다. 승윤이 롤을 하던 와중 터무니없는 실수를 해서 사십오 분짜리 게임이 그대로 터진 적이 있었다는 거였다. 보통은 이십 분에서 삼십 분 내외로 한 판이 끝나니까 무척이나 길고 치열한 싸움이었던 셈이다. 그런 대결전이 실수 한 번으로 허무하게 끝났다면 다른 팀원들 입장에서는 화가 날 테다. 화가 나면 욕이 나온다. 그런데 팀원들 중에서 한 명이 유독 선을 넘었다고 했다.

"자기 실수로 게임이 터졌다 해도 결국 게임이잖아. 게임 한 판 졌다고 그렇게 욕하는 게, 형 입장에서는 열받지. 그것도 엄마 욕인데. 나도 스크린샷 봤는데 통매음 고소하면 백 프로 먹힐 수준이라서, 고소하라 그랬어."

통매음은 '통신매체이용음란죄'의 준말로, 게임을 하는 사람이라면 모두 아는 죄목이었다. 워낙 많은 사람들이 성적인 욕설을 해 대니까 듣는 입장에서도 자동으로 구성 요건을 외우게 되는 것이다. 법조문을 인용하자면, '전화, 우편, 컴퓨터, 그 밖의 통신 매체를 통하여 성적 수치심이나 혐오감을 일으키는 말, 음향, 글, 그림, 영상 또는 물건을 상대방에게 도달하게 한 사람은 2년 이하의 징역 또는 2천만 원 이하의 벌금에 처한다.' 모욕죄나 명예 훼손죄의 유사품인 셈이었다.

"중3이면 작년인데. 요새는 웬만하면 게임 채팅으로 통매음 안 걸리지 않나? 사람들이 하도 많이 고소해서, 경찰청 업무 마비된다고……."

"근데 엄청 심했어. 내가 스크린샷은 못 보여 주는데, 보면 알아. 그런데 진짜 중요한 게 뭔지 알아?"

"뭔데?"

"욕한 애 닉네임이 '구현동킨드레드'였다는 거야."

여기서부터는 나도 짐작이 갔다. 고소 상대가 하필이면 같은 동네에 산다니까 도대체 어떤 사람인가 궁금해졌을 테고, 같은 학년이라는 걸 알고부터는 정말로 얼굴을 보고 싶어졌을 것이다. 그런데 막상 만나 보니 심정이 달라져서 고소를 철회하는 쪽으로 가닥을 잡은 모양이다.

"……그때 상대가 요한인 거 확인하고, 내가 승윤이 형한테 고소 취하하고 봐주자고 그랬어. 우리 엄마랑 아빠가 이 동네 필리핀 사람들 다 알고 지내서, 나도 대충 알거든. 걔 초등학교 4학년인가 5학년 때 중도 입국한 케이스야. 아빠는 한국에서 돈 벌고, 걔랑 엄마는 그때까지 본국에서 지내다가 갑자기 넘어온 거. 어릴 때 적응 못 하는 거 내가 옆에서 봐 주기도 했는데, 어렵더라. 솔직히 그땐 나도 초등학생이고 한국말밖에 못 하는데 어떻게 놀겠어. 하여간 이런저런 사정 들어 보니까 승윤이 형 입장에서 이입이 되는 면이 있었겠지. 그러니까 통매음은 잊어 주기로 한 다음 게임 같이 할 겸 데리고 다니기 시작한 건데, 욕먹은 입장에서 뒤끝이 아예 없을 수는 없다고 봐."

◆

모든 인간은 태어날 때부터 자유로우며 그 존엄과 권리에 있어 동등하다. 인간은 천부적으로 이성과 양심을 부여받았으며 서로 형제애의 정신으로 행동해야 한다. 유엔 세계 인권 선언 제1조의 내용이다.

인권에 얽힌 이런저런 선언들은 정말로 물리학 문제 같다. 현실에서는 볼 수 없고 오직 가정만 가능한 상황들. 영희를 향해 광속으로 운동하는 철수라거나, 광속으로 내달리는 열차 안에서 서로를 향해 손전등을 비추는 영희와 민수라거나. 하지만 현실의 열차는 가장 빠른 것조차 시속 300 킬로미터 수준이고, 철수는 뛰다가 뒷걸음질쳤다가 멈추기를 반복하며, 손전등 배터리는 종종 닳고, 영희는 민수와 절교한다. 그러니까 이론적인 계산은 별다른 소용이 없다.

  현실적으로 어쩔 수 없으니까 요한이 그렇게 불려도 괜찮다는 의미는 아니다. 누군가가 욕받이로 낙점된 상황에서 호칭만을 문제 삼을 수는 없다는 거다. "개가 통매음 고소를 당할 만큼 심한 욕설을 했을지라도 인종 차별이 정당화될 수는 없어. 동남아 대신 다른 별명을 붙여 보는 건 어떨까? 앞으로 요한을 통매음이라고 불러 볼까?"라고 말한다면 얼마나 우스울까?

  "요한 입장은 어때? 직접 물어본 적 있냐?"

  "개 엄마가 내 얼굴 볼 때마다 고맙다고, 요한이가 친구가 없어서 걱정했는데 요새는 마음이 놓인다고 그러거든. 양심에 찔리잖아. 뉴스에 나오는 범죄자들 된 거 같고, 개 같은 짓 실컷 해 놓고 피해자 가족들 앞에서는 '친구였다, 친구끼리 장난치고 논 거다.'……그래서 언제 한번, 날 잡고 깊은 얘기 해 본 적 있거든. 지금 이런 취급 받아도 좋냐고, 괜찮냐고. 요한이 그러더라. 자기가 잘못한 거 알고, 애들이 자기 싫어하는 것도 안다고. 그래도 지금이 제일 좋으니까 구태여 들쑤시지 않았으면 좋겠다고. 걔가 중학생 때는 완전히 혼자 다녔어. 김주현 너처럼 혼자 다니는 게 아니라, 너도 알지? 종류가 다른 거. 그러니까 사실 개 입장에서는 우리랑 같이 놀 수 있으면 험한 말쯤은 한 귀로 듣고 한 귀로 흘릴

만한 건데……. 승윤이 형이 그래도 이거 저거 잘 사 주고, 편의 봐주는 것도 웬만큼 있으니까…….”

"종류가 다르다고?"

"나도 김주현 네 스타일 알고, 마음에 안 들어 하는 부분이 어디인지 알아. 요한이 보통 한국인이었으면 통매음 고소를 먹었어도 한국인이라는 별명은 안 붙었을 거라는 거, 한국인이나 미국인은 별명으로 쓰이는 일이 없는데 동남아만 비하용 별명이 된다는 거, 나도 싫어해. 역하니까 그만하라고 할 때도 있고, 그러면 먹혀. 그런데 우리는 그나마 자기주장이 되는 쪽이고, 심지어 너는 딱히 친구가 필요하지도 않잖아. 막말로 승윤이 형이든 나든, 오늘 바로 손절하고 모르는 사이로 돌아가더라도 잃을 거 없다고. 요한은 반대야. 걔한테는 선택권 자체가 없으니까 관둘 수도 없어. 언제 다시 친구가 생길지 모르니까."

"그러니까 나는 그게 참 이상하다고 보는 거지. 생각해 봐라, 싫은 거 싫다고 말할 수 있는 상대한테는 잘해 주고, 발언권 없고 아쉬울 거 많은 애들일수록 구박하는 거 아니냐. 그래서 결국 남이 끼어들면 '당사자는 가만히 있는데 왜 네가 난리냐.' 같은 상황이 나오는 건데, 이러면 끼어든 쪽까지 약점 잡혀. 처음에 요한이 잘못한 거랑 별개로."

"김 선비님은 공부도 많이 하신 분이 중력의 법칙을 모르시나?"

"중력?"

"위에서 아래로. 뭐든 간에 싹 다 위에서 아래로 간다고. 아래에서 위로 올라가는 건 훨씬 어렵고. 강약약강이 바로 중력의 법칙이야."

노아는 손날로 사선을 그어 보였다.

"애당초 요한은 욕받이 포지션으로라도 붙어 있는 게 기적이라고 봐. 막말로 저번에도, 배달부 사고 관련 게시글 보고 이상한 소리 하다가 나한테 한소리 들었지 않냐. '그래서 치킨은 무사하냐? 식기 전에 주워 먹으면 개이득' 뭐 이런 이야기. 물론 인터넷 댓글 그대로 읊는 거라는 거 알고, 나한테 무슨 악감정이 있는 게 아닌 거도 알고, 다 알지. 다 아는데 그런 소리를 면전에서 하는 걸 이해해 주기는 어렵단 말이야. 걔는 그런 댓글을 보고 혼자 웃는 거랑 그걸 구태여 나한테 보여 주는 게 다르다는 것도 몰라. 나는 그래도 몇 달간 꽤 노력했다고 생각한다. 걔도 나름대로 노력해서 지금 수준이라도 된 거고. 대화에 안 끼고 듣고만 있는 게 그나마 타협한 건데, 완전히 고치기도 어려워, 다른 애들이 막말하는 거 막을 명분도 부족해, 그런데 혼자인 건 더 싫어, 여기서 뭘 더 하냔 말이야?"

"인터넷에서 욕해 대는 건 그대로래?"

"그야 모르지만 통매음 한 번 걸렸으니 나아졌겠지. 나아져야 하고. 아무튼 교과서처럼 처쫄린 소리는 그만하고, 이거 하나만 묻자. 김주현 너는 이 상황에서 어쩔래?"

"……중립국."

왜인지 모르게 내 입에서 그 한마디가 툭 나왔다. 수능 국어 시험에서 두 번이나 출제된, 아주 유명한 소설의 명대사였다. 최인훈의 『광장』이었던가. 남한이냐 북한이냐, 하는 질문 앞에서 중립국을 읊던 주인공은 결국 바다에 뛰어들어 자살한다. 중립국이 무슨 의미냐며 되묻는 노아에게―노아는 수능 기출문제를 풀거나 교과서 수록 문학 작품을 챙겨 읽는 녀석이 아니었다―소설 줄거리를 설명해 주자 "그래서 김주현이가 선비라는 거야." 하는 비아냥이 돌아왔고, 그 지점에서부터 대화가 훨씬 진지해졌다. 진지해지는 만큼 추상적인 이야기가 되어 갔다. 구체적으로 무엇을 할 수 있으며 무엇을 해야 하느냐에 대한 추상적인 이야기들.

우리는 소위 '중립 기어'라는 관용어가 우스운 데다가 비현실적이라는 데에 합의했다. 그건 방구석에 들어앉아 연예인 소식에 말을 얹을 때나 먹힐 태도다. 소설 독후감을 쓰듯, 재판관 자리에 앉아 타인의 행동을 품평하는 것만으로도 충분할 때. 나 자신은 행동할 필요가 없어서, 침묵을 지키더라도 괜찮을 때. 반면 현실에서는 사건이 매 순간 우리를 향해 달려드는 동시에 우리도 사건을 향해 달려들게 된다. 오른쪽 차선에서는 멧돼지가, 왼쪽 차선에서는 고라니가, 주행 중인 차선에서는 토끼가 달려오고 있다면 핸들을 어느 쪽으로 돌릴지, 무엇을 들이받아야 그나마 나을지 결정해야 한단 말이다. 분위기를 거스르기가 어려운 이유도 여기에 있을 거다. 교통 흐름을 따라가는 동안에는 방향 걱정 없이 직진만 해도 되지만, 역주행을 시작하면 멧돼지와 토끼에 더해 모든 자동차들이 충돌할 상대가 되고 마니까.

중립 기어란 없다. 그저 가만히 지켜보는 것조차 일종의 선택이다. 지금은 현상 유지야말로 최선인 듯했으므로, 나는 내심 안도했다. 그건 노아의 예상과는 달리 나한테도 아쉬울 구석이 있기 때문이고, 승윤과 싸우지 않을 구실이 생겼기 때문이며, 원칙을 굽히는 상황을 변명할 수 있기 때문이었다. 애당초 나는 요한을 걱정했다기보다는 승윤을 언짢아하는 마음을 버리고 싶었던 것 같다. 계속 틱틱댔다가는 대치동에 못 가게 될 테니까. 형이 마음을 착하게 먹으면 내가 형을 싫어할 이유도 없지 않나? 그게 불가능하다면 요한이 욕먹을 만한 녀석인 셈 치고? 단칼에 해결하기에는 너무 많은 사연과 사정이 얽힌 문제니까?

나는 몇 가지 문장을 만들어 보았다.

학교 폭력은 나쁘며 사랑이 모든 것을 이긴다지만, 그건 그거고 이건 이거다.

사람 사는 거 다 거기서 거기다.

좋은 게 좋은 거다.

동어 반복의 힘이란!

나는 가끔 정의감과 이기주의와 독선이 헷갈렸다. 나한테는 그 셋이 모두 있는 것 같은데 정확한 배분을 알 수가 없었다. 그래도 떳떳해지고 싶다는 마음은 남아 있어서, 그게 허영인지 비겁함인지는 모르겠지만, 익숙지 않은 짓을 해 봤다. 요한에게 먼저 말을 걸고 친한 척을 했다는 소리다. 게임도 몇 판 같이 했다. 하지만 서먹한 분위기는 여전했고 거리를 확 좁힐 방법도 떠오르지 않아서, 결국 관뒀다. 녀석이 내 눈치를 보느라 애쓴다는 느낌이 들었던 것이다.

그래도 가끔은 진심이라고 할 만한 게 오갔다. PC방에서 게임을 하다가 잠깐 쉬러 나온 참이었다.

"너는 하고 싶은 게 뭐냐."

"마스터 찍는 거. 높으면 더 좋아."

"게임 티어 올리는 거 말고, 없어? 장래 희망이라든지."

"마스터부터는 대리 게임 돌릴 수 있어. 그거 하면 한 판에 만원씩 벌어."

"돈, 돈 좋지. 돈 많이 벌어서 뭐 하게?"

"시골집 가려고."

"시골집?"

"비행기 표가, 폿값이, 다 돈이잖아. 비행기 타려면 인천까지 가야 되는데 멀잖아. 오래 걸리고. 그래서 우리 집은 몇 년에 한 번씩만 가거든."

"그렇구나."

"오랜만에 가면 내 기억이 기억이 아니게 되는 느낌이 들어. 기억이 거꾸로 가. 어릴 때는 할머니가 하는 말을 다 알아들었고 나도 많이 많이 많이 얘기했는데 이제 아니야. 근데 내가 하는 한국말은 죄다 쓰레기야. 그래서, 돌아가고 싶어."

그 말을 시작으로 필리핀 이야기가 펼쳐졌다. 삼겹살튀김 같은 요리부터 시작해서 할머니 집에서 보던 복싱 경기까지, 주제가 다종다양했다. 풀 죽은 목소리로 중얼거리기만 하던 녀석이 이토록 열심히 떠드는 걸 보니 신기했다. 그렇게나 할 말이 많다는 사실에 속이 쓰리기도 했다. 미나 쿠마란 여사님은 스리랑카를 어찌나 싫어하시는지 내가 도서관에서 여행 가이드북이라도 빌려 오면 잔소리를 했다. 공부에 도움 될 책은 안 보고 놀 생각만 한다는 거였다. 하지만 홍콩이나 중국 가이드북은 보고서도 아무 말 않았던 걸 보면 엄마는 그냥 자기 고향이 싫었던 거다.

요한의 나라는 아직 필리핀인 모양이다.

엄마의 나라는 이제 확실히 한국이다.

아빠의 나라는 처음부터 한국이었지만, 고모를 제외한 친가 사람들은 나랑 엄마를 모른 체한다. 서로 만나지 않은 지 오래됐다.

덕분에 나는 진짜 한국인이라는 생각이 안 든다. 요한이 동남아라 불리는 걸 보면 이입이 되는 것도 그래서다. 하지만 녀석보다 훨씬 잘 적응했으니 사정이 다르고, 스리랑카에 대해서는 거의 모른다.

　그러니까 이게 뭔가?

　여기서부터 다시 내 얘기고, 내가 모르는 나라에 대한 얘기다.

3

스리랑카는 인도 반도 오른편 아래에 자리 잡은 섬나라로, 한때 실론(Ceylon)이라고도 불렸다. '실론 티'의 이름이 바로 여기에서 왔다. 19세기 말, 영국에게 식민 지배를 당하던 시절 시작된 홍차 농업이 국가 특산물로 굳어진 것이다. 하지만 영국이 남겨 준 건 홍차뿐만이 아니다. 기나긴 전쟁 역시 남겼다. 그것도 심지어 내전이다.

스리랑카 인구의 8할가량은 싱할라족이고 2할은 타밀족이다(물론 이보다 인구수가 더 적은 소수 민족들도 있다). 두 민족은 인도 반도에서 건너온 시기도, 외모도, 종교도 많이 다르다. 스리랑카가 영국에게 식민 통치를 당하던 시절에는 타밀족이 우대받았지만 독립 후로는 싱할라족이 권력을 잡았다. 그 과정에서 타밀어 사용을 금지하거나, 대학 입시에서 싱할라족에게는 가산점을 부여하고 타밀족에게만 더 높은 성적을 요구하는 등의 차별 정책이 시행되었다. 이에 맞서 타밀엘람 해방 호랑이 반군이 결성되었고, 반군이 정부군을 죽이자 싱할라족은 다시 타밀족을 학살하며 보복에 나섰다. 결국 내전은 상대가 타밀족이거나 싱할라족이라는 이유만으로 총부리를 들이미는 형세가 되어 갔다.

스리랑카 내전은 1983년 7월 23일에 시작되어 2009년 5월 18일에 끝났다.

정말이지 많은 사람이 죽었다.

나는 스리랑카 내전에 대해 알게 된 후로, 엄마가 고향 이야기를 결코 하지 않으려는 건 그것 때문인가 궁금해하곤 했다. 컴퓨터 화면에 싱할라족과 타밀족 사진을 각각 띄워 놓고, 휴대폰 카메라로 내 얼굴을 비추어 본 적도 있었다. 타밀족에 더 가까운 것 같은데. 아니, 눈썹뼈는 싱할라족에 가까운 것 같기도 하고…… 아니, 아빠를 닮은 건가……. 그래서 인공 지능이 헛소리를 내뱉지 않을 만큼 똑똑해졌을 때는 앓던 이가 빠진 기분이었다. 엄마한테는 절대 물어보지 못할 질문을 할 수 있게 된 까닭이었다.

Meena Kumaran은 타밀족 이름이야, 싱할라족 이름이야?
>>> **Meena**는 산스크리트어에서 유래한 인기 있는 여성 이름입니다. 인도와 스리랑카의 타밀족과 일부 싱할라족을 포함한 다양한 언어 및 종교 집단에서 널리 사용됩니다.

Kumaran은 산스크리트어 Kumara(왕자, 아들, 젊은이를 의미)에서 유래했습니다. 싱할라 문화권에서도 사용될 수 있지만, Kumaran이라는 특정 형태는 타밀 이름의 특징을 더 강하게 나타냅니다.

여성 이름 Meena와 남성 이름 Kumaran의 조합, 특히 Kumaran이라는 이름은 싱할라족 배경보다는 타밀족 배경을 강력하게 시사합니다. 타밀족의 작명 관습에서는 이름 뒤에 부칭(아버지의 이름)을 사용하는 것이 일반적입니다. 따라서 Kumaran은 Meena의 아버지 이름이거나 가문 이름일 가능성이 높습니다.

좋아, 미나 쿠마란 여사님은 타밀족일 확률이 높다 이거지.

그런데 이상한 일이 벌어졌다. 원래는 이것 하나만 확실해지면 고민도 끝날 거라고 믿었는데, 도리어 막연한 느낌만 수십 수백 배로 불어났기 때문이다. 아무리 생각해 봐도 나는 "역사를 잊은 민족에게 미래는 없다."라는 격언에 선뜻 동의할 입장이 못 됐다. 일단 내가 한민족인지 타밀족인지를 확실히 정해야만 역사를 잊든 말든 할 텐데, 나는 둘 사이에서 애매하게 흔들리는 듯했다. 대한 제국 독립투사에게 이입하며 일제의 만행을 규탄하자니 어울리지 않는 옷을 입은 기분이었고(독립투사들은 물론 존경스러운 사람이지만, 그들이 나를 후손으로 받아들일지는 확신이 안 선다), 스리랑카는…… 가 본 적도 없는 나라를 어떻게 고국으로 여기겠는가?

스리랑카 내전을 다룬 소설책을 읽으면서 그걸 확실히 느꼈다. 제목이 아마 『말리의 일곱 개의 달』이었을 텐데, 흥미로운 소설이었다. 문제는 내가 그걸 소설로밖에 볼 수 없다는 사실 자체였다. 타밀족은 대개 힌두의 신들을 섬긴다지만 엄마는 누구에게든 기도하는 일이 없었고, 나는 초등학교 육 년 내내 교회 부설 아동 센터에서 방과 후 시간을 보냈단 말이다. 예수와 사탄에 대해서는 대강 알았지만 쁘레따(préta)나 약카(yakkha), 마하칼리(mahakali) 같은 이름은 낯설기만 했다. 설상가상으로 "궁정은 시기리야 동굴 벽화 스타일의 프레스코화로 뒤덮여 있다." 같은 묘사를 마주할 때는 구글의 힘을 빌려야 했으며 "콜롬보 10구의 시장통처럼" 같은 비유 앞에서는 완전히 길을 잃은 느낌을 받았다. 석굴암이나 노량진 수산시장이 배경으로 등장한다면 그럭저럭 상상해 가며 읽을 수 있지만…….

결국 『말리의 일곱 개의 달』 읽기는 여러모로 인상 깊은 경험이었다. 그 소설 덕분에 나는 스리랑카인이 바라보는 스리랑카를 멀리서나마 들여다볼 수 있었고, 들여다봤기 때문에 근거 없는 동경을 멈출 수 있었다. 영혼의 고향이라거나 뿌리 같은 개념을 곱씹기를 멈추고, 이도 저도 아닌 상태를 받아들였단 말이다. 수소 원자 두 개와 산소 원자 한 개가 만나 물 분자를 이루듯이, 불완전한 조각들이 엉키고 섞이면서 새로이 완성되는 삶도 있는 모양이다.

내가 했지만 참 그럴듯한 말이다.

너무 그럴듯해서 가끔은 홀딱 속아 넘어가고 싶어진다.

하지만 사실…… 나는 아직도 진짜 고향이 가지고 싶다. 명절마다 시골집에 들를 수 있다면 좋겠다고 생각한다. 그게 어느 나라인지는 결코 중요하지 않다. 내가 나라는 이유만으로, 초면에도 반겨 줄 사람들이 세상 어딘가에 있기를 바랄 따름이다. 타밀엘람 해방 호랑이 반군이라는 명칭에서 운명적인 구석을 찾아내려 애쓸 정도다. 천 년 전, 타밀족이 다스렸던 촐라 제국의 상징은 호랑이였고, 타밀 반군은 그 상징을 물려받았다. 한국인들은 한반도가 호랑이 모양이라고 믿고, 마스코트를 만들 때도 항상 호랑이를 가져다 쓴다. 그러니까 어쩌면 호랑이는 내 고향이고…….

그러니까…….

그러니까 이런 건 다 헛소리다. 미적분 문제를 풀거나 설거지를 하다 보면 금방 잊힐 만큼 사소한 고민이다. 하지만 급한 일이 끝나면 문득문득 떠오를 만큼 끈질긴 고민이기도 하다. 내가 2학년 1학기 문학 조별 과제에 『말리의 일곱 개의 달』을 들고 간 건 그래서다. 그때 나는 요한과는 거의 데면데면해진 상태였고 승윤과는 그럭저럭 잘 지냈다.

◆

역사적 문학 작품 탐구 및 발표하기

가) 평가 방법
- 현실의 역사적 사건 및 사고를 드러내는 문학 작품 중 하나를 선정하여 작품의 역사적, 사회적 의의를 분석하고 탐구 결과를 공개 발표하여 평가한다.

나) 세부 평가 기준 및 점수 부여 기준
- [12문학01-01] 문학이 인간과 세계에 대한 이해를 돕고, 삶의 의미를 깨닫게 하며, 정서적·미적으로 삶을 고양함을 이해한다.
- [12문학01-11] 문학을 통해 공동체가 처한 여러 문제들을 이해하고 문제 해결에 참여하는 태도를 지닌다.
- 분석적 이해력(40점), 창의적 표현력(30점), 발표력(30점)을 항목별로 나누어 평가한다.

다) 평가 기준표

배점 (반영비율)	평가요소	척도	평가기준	배점
40점	분석적 이해력	상	문학 작품이 현실 세계를 매개적으로 드러내는 방식을 이해하고 소통하는 역량이 돋보인다.	40
		중	문학 작품이 현실 세계를 매개적으로 드러내는 방식을 이해하고 소통하는 역량이 다소 부족하다.	30
		하	문학 작품이 현실 세계를 매개적으로 드러내는 방식을 이해하고 소통하는 역량이 미숙하다.	20
30점	창의적 표현력	상	작품의 내용과 현실 사건에 대한 이해가 조화롭고, 발표에 있어 멀티미디어 요소를 적극적으로 도입하였다.	30
		중	작품의 내용과 현실 사건에 대한 이해가 충분한 조화를 이루지 못하고, 표현 형식이 단조롭다.	20
		하	작품의 내용과 현실 사건에 대한 이해를 표현하는 데 미숙하다.	10
30점	발표력	상	수행 과제의 내용이 청중에게 온전히 전달되도록 발표하였다.	30
		중	수행 과제의 내용이 청중에게 대체로 전달되도록 발표하였다.	20
		하	수행 과제의 내용이 청중에게 전달되지 않았다.	10

문학 조별 과제는 4인 1조로 진행되는 데다가 우수작에 상까지 줬다. 대학에 갈 생각이 뚜렷하다면 신경 쓸 수밖에 없는 수행 평가였다. 교사가 팀원을 지정해 주는 게 아니라 마음이 맞는 학생들끼리 모이는 식으로 조를 짠 까닭에 비슷한 애들끼리 뭉치는 경향이 더욱 강했다. 지방 일반계 남자 고등학교답게 내신 성적은 나 몰라라 하는 그룹과 심화 자습실 출입권이 있는 그룹이 확연히 나뉘었고, 우리 팀은 명백히 후자였다. 나와 승윤이 같은 팀을 맺은 걸 보고 우수 작품상을 노리는 녀석 둘이 와서 붙은 것이다. 이름은 최정우와 윤재민으로, 심화 자습실에서 얼굴을 익힌 걸 제외하면 별다른 친분이 없었다. 상을 위한 전략적 제휴라고나 할까.

그렇다 보니 처음에, 대뜸 스리랑카 내전 이야기를 꺼냈을 때는 반응이 좋지 않았다. 『말리의 일곱 개의 달』을 소개하자마자 떨떠름한 반문이 돌아왔던 것으로 기억한다. 최정우였다.

"재밌어 보이긴 하는데 소개하기가 어려울 거 같지 않냐. 한강으로 가자. 4·3이나 5·18 같은 건 우리나라 일이고, 노벨문학상까지 받았잖아. 딱이네."

"이 책도 부커상 받았어."

"노벨상이 부커상보다 센 거 아니야?"

윤재민이 은근히 최정우를 거들었다. 나는 정면으로 반박하는 대신 우회로를 택했다.

"발상의 전환을 해야지. 역사 소재 문학이라고 하면 다들 반사적으로 떠올리는 게 한강 아니겠냐. 이번 조별 과제에서도 최소한 두 개는 나올걸. 남들 다 한강 할 때 우리는 이거 한다! 이러면 얼마나 눈에 띄겠어."

"그건 인정. 한강 하면 무조건 겹치는 거 인정. 김주현이 가져온 거 괜찮은 것도 인정. 그래도 일단은 다른 아이템 더 생각해 보고 결정하자."

윤재민이 뜨뜻미지근한 태도를 보이며 한 발짝 물러났다. 최정우는 보다 완강했다.

"아니, 중복 피해야 하는 건 알겠는데 스리랑카는 너무 뜬금없지 않냐? 그거 김주현만 알지 애들은 스리랑카가 어디 있는 나라일지도 모를걸? 일반적으로 공감이 안 되는 주제잖아. 내가 저 뭐냐, 칠레나 콩고 같은 나라 역사 가져오면 한국인한테 전달이 되겠냐고. 역사적 사건 소재로 쓴 소설이 한두 개도 아닌데 굳이 애들이 모르는 거 할 필요가 있어?"

"일반적으로 공감이 되는데 참신한 주제가 있긴 해? 어차피 한국 소설이면 민주화 운동이거나 일제 강점기 독립운동이거나, 둘 중 하나 아닌가? 조선 시대로까지 가면 너무 멀고."

윤재민이 물었다.

"고려인 같은 거. 만주랑 연해주 쪽으로 독립운동 하러 갔다가, 그쪽에 발 묶인 사람들. 아니면 재일 교포도 있고. 얼마 전에「파

캐리커처 67

친코」 드라마 봤는데 재밌더라. 그게 일본 넘어간 조선인들 이야기거든."

"결국 독립운동이네. 난 스리랑카가 힙해서 좋다고 본다. 다문화 아니냐, 다문화. 대학에서 생기부 볼 때 인성도 평가하는데 다문화 관련 내용 있으면 점수 더 줄걸. 나중에 국어한테 세특에 그거 강조해 달라고 하자. 칠레나 콩고는 우리랑 아무 관련 없다 쳐도 김주현은 당사자잖아. 그러면 시너지 효과야."

윤재민이 '세특', 즉 세부 사항 및 특기 활동을 조커 카드처럼 들먹이더니 열변을 토했다. 입학 사정관들은 학생 생활 기록부를 볼 때 성적뿐만 아니라 활동 내역도 함께 고려하는데, 요새는 동아리나 봉사 활동 기록을 잘 보지 않게 된 탓에 교과 세특이 훨씬 중요해졌다고 했다.

"어차피 입학 사정관들 활동 내역만 봐도 얘가 특목고인지 일반고인지, 일반고면 강남 8학군인지 지방 좆반고인지 다 알아. 블라인드 처리를 해도 딱 보인다고. 그러면 지방 좆반고 입장에서 유일한 강점이 뭐냐. 다문화의 현장이라는 거. 이왕 불리한 입장이면 이용할 수 있는 거 다 이용하고 가야지."

'좆 같은 일반고'는 공부를 열심히 하는 축이든 아닌 축이든 수시로 들먹이는 단어였다. 이용하고 이용당하는 입장에서는 할 말이 많은 주제였지만 끼어들어 봐야 상황만 복잡해질 게 분명해서 입을 다물고 있었다. 어차피 최정우도 탐탁잖아 하긴 마찬가지였다.

"말이 이상하다. 이렇게 작전 짜서 '힙한 거', '시너지 효과 나는 거' 만들고 기록하면 인성이 더 좋아? 선생한테 가서 이거 저거 써 달라고 하면 착한 거고 가만히 있으면 덜 착해?"

"입학 설명회에서 그렇다고 한 걸 왜 나한테 따져. 애당초 세특 평가에 인성 항목 들어가는 거 몰랐어? 알잖아? 공동체 역량, 협업과 소통 능력, 나눔과 배려……."

"알긴 하는데 지금 그 얘기 나오니까 이상해서 그러지."

그런 류의 말꼬리 잡기가 한참 이어지던 끝에 승윤이 입을 열었다.

"야, 됐고, 어차피 지금 다 최우수상 받으려고 모인 거 아니냐. 상을 애들이 인기투표로 주냐, 선생들이 주냐? 김주현이가 하고 싶은 거 자료 조사 해 오는 거랑 니들이 세특 채우려고 한강 책 읽는 거 중에 뭐가 더 퀄리티가 높겠어? 선생이랑 교수 들이 보기에 참신하고 좋다 싶은 걸 해야 할 거 아니야."

그 말이 떨어지자마자 논의가 단칼에 정리됐고, 승윤이 잘해 보라며 내 어깨를 가볍게 두들겼다. 원한 대로 결론이 난 것과 별개로 기분이 묘했다. 아버지의 유품처럼 소중한 물건을 중고로 팔아서 오만 원을 챙기는 느낌이라고나 할까. 아니, 그런 물건이 알람 시계로 쓰이는 광경을 보는 느낌에 가까울지도 모른다. 내게는 천금 같은 사연이 깃든 시계라도 생판 모르는 남에게는 시간을 재는 도구에 불과하듯이.

  물론 인간에게는 타인의 사정을 참작하고 공감할 능력이 있으며 그게 바로 더불어 산다는 말의 의미라지만, 그걸 정말로 '자기 문제'처럼 받아들이는 건 다른 일이다. 그건 어렵다. 나는 그 어려움 앞에서 좋은 말들이 빛바래는 걸 느끼면서도, 좋은 게 좋은 거라고 믿기로 했다.

◆

  호기롭게 말을 꺼낸 만큼 조별 과제를 끌고 나가는 건 내 역할이 됐다. 책을 다시 한번 읽으면서 큰 얼개를 짜고 필요한 정보들을 추가로 알아보는 것이다. 그런데 자료 조사를 본격적으로 시작하자마자 후회스러운 마음이 들기 시작했다. 예나 지금이나 한국에서 찾을 수 있는 자료는 터무니없이 부족했고, 설상가상으로 이 일에는 다른 애들의 생기부가 걸려 있었다(도대체 생활 기록부가 뭐길래!).

  게다가 독립운동가 이야기라면 일본에 맞선 조상님들을 기리는 것으로 충분하겠지만 이 사안에서는 뚜렷한 선이 없었다. '이거나 그거나' 식의 양비론이 아니라, 내전이 그렇게까지 오래 지속된 데에는 반군의 탓도 컸다. 싱할라족 민간인을 학살하거나, 온건파를 몰아내거나, 중립을 지키던 소수 민족들을 공격하거나.

애당초 타밀족이라고 해서 다 같은 입장이 아니었다. 기원전 3세기에 정착한 경우가 있는가 하면 식민지 시절 인도에서 넘어온 경우도 많았다. 내전이 종식되고 평화가 찾아왔을지라도, 평범한 타밀족 시민들은 은연중에 남은 차별로 힘들어한다는 후일담도 있었다.

주제가 거미줄을 치듯 무한정 뻗어 나갔다. 싱할라족과 타밀족의 갈등은 인도의 민족 문제와 깊이 엮여 있었고, 실제로 인도는 스리랑카에 평화 유지군을 파견한 적이 있었고, 평화 유지군은 상황을 도리어 악화시켰고, 한편 이건 종교의 문제이기도 하고……. 그런데 사실 상황이 이렇게까지 나빠진 데에는 영국의 책임을 빼놓을 수가 없고, 영국이 식민 통치 시절에 타밀족을 우대하고 싱할라족을 차별하지 않았더라면 원한이 덜했을 테니까…… 한편 그 이전에는 포르투갈과 네덜란드가 식민 통치를 했고…….

이 모든 결을 세심하게 담아낸다면 발표 시간이 터무니없이 길어질 게 뻔했다. 심지어 『말리의 일곱 개의 달』은 동성애자의 삶도 핵심 주제로 다루고 있었다. 하지만 디테일을 완전히 쳐내면 '전쟁은 부조리한 비극이며 모든 이의 삶을 희생시킨다'는 수준의 공허한 이야기만 남았다. 그것만으로는 부족했다. 수학 논술형 시험에서 풀이 과정에 상당한 배점을 매기는 이유가 무엇이겠는가? 어떤 문제는 풀이 과정이 답보다 훨씬 중요하기 때문이다.

문제: "권력에 대한 인간의 투쟁은 망각에 대한 기억의 투쟁이다."라는 격언은 『말리의 일곱 개의 달』과 무슨 관련일까?

정답: 관련이 있을 수도 없고 없을 수도 있다. 그 문장은 체코에 대한 밀란 쿤데라의 소설에서 따온 것이지만 그게 『말리의 일곱 개의 달』을 정확히 설명해 주는 것도 사실이다.

교훈: 멋진 껍데기를 가져다 붙일 때는 알맹이를 잘 살펴야 한다. 그러지 않으면 내가 체코 이야기를 하는지 스리랑카 이야기를 하는지 분간할 수 없게 되기 때문이다.

다시 문제: 그런데 내 알맹이가 대체 뭐지?

결국 나는 자료 조사 단계에서부터 어려움을 겪었고, 자료 조사를 마친 뒤에는 막막함을 느꼈다. 인공 지능에게 어떤 내용을 강조해야 좋을지 물어보자 "발표의 목적과 의도에 맞추어 선택해야 한다."라는 대답이 돌아왔다. 설마 내가 그런 원론을 몰라서 이러고 있을까. 그래도 도움 된 부분이 있긴 했다. 의도가 확실해야 한다는 거. 고향의 복잡한 사연을 소개하고 싶다는 마음가짐으로는 부족했다. 그보다 훨씬 복잡하고 구체적인 것이, 나한테는 아직 없는 무엇이 필요했다.

엄마한테 물어보면 뭐라도 알 수 있지 않을까. 속 시원한 대답은 듣지 못하겠지만, 엄마가 말하지 않으려는 것에는 기사 수천 줄보다 더 깊은 기억이 숨어 있으리라는 생각이 들었다. 때마침 엄마랑 단둘이 거실에 앉아서 마늘을 깔 일이 생겼다. 나는 하려던 말과는 딱히 관련이 없는 이야기로, 하지만 쭉 이어져도 상관없을 이야기로 말문을 열었다.

"요새 가게 장사는 잘되나."

"걱정할 정도는 아니니 공부만 열심히 하면 돼."

"자꾸 물가 오르고 배달 비용도 오른대서 그러지. 요새 스쿠터 얼마 하지도 않던데, 나도 노아처럼 배달하면 돈 아끼고 좋지 않나."

"김주현 너, 오토바이 타고 다니고 싶어서 그러는 거 딱 보여. 자동차는 괜찮은데 바퀴 두 개 달린 건 절대 안 된다고 했어."

"아, 진짠데. 나 자전거는 잘 타고 다녔잖아. 자전거나 오토바이나 거기서 거기지."

"얘가 억지를 부리네. 그게 어디 같니? 자전거 타다 죽는 사람이 세상에 몇 명이나 돼?"

"배달부도 보통은 사고 안 나."

"사고가 안 난대도 지금 천만 원, 이천만 원 모아서 무슨 소용이래니. 평생 가는 밑천 쌓아야 할 시기에, 응? 수능 등급 한 칸이라도 올려서 좋은 데 가는 게 돈값 하는 거 모르니. 고등학생 때 하는 공부가 삼십 년 치 적금이야."

여러 가지 생각이 교차했다. 학원에 다니면서 성적이 올랐을지라도 의대 커트라인에는 여전히 못 미쳤다. 3학년까지 이 성적이 유지된다면 인서울 상위권 공대를 쓸 수 있을 테고, 대기업에 들어가면 돈은 잘 벌겠지만……. 사실 나는 가끔 아시아학과나 역사학과, 혹은 정치학과 같은 곳이 눈에 밟혔다. 구체적인 장래 희망으로 발전하기에는 막연한 느낌이었지만, 그렇게 따지면 전자공학과나 화학공학과를 졸업해서 대기업에 들어가는 미래도 똑같이 막연했다. 차라리 2대째 국밥집을 운영하는 김주현 사장님을 상상하는 편이 쉬울 지경이었다.

그래서 나는 본론으로 방향을 틀었다.

"근데 엄마, 나는 내가 앞으로도 한국에서 살지를 잘 모르겠고 그런다."

"이민을 갈래도 기술이 있고 배운 게 있어야지, 몸만 덜렁 있으면 그걸 어느 나라에서 받아 준대니. 영어를 잘해야 해. 읽고 문제 푸는 것만 잘해서 될 일이 아니라, 스피킹이랑 리스닝. 알지?"

"또 또 또 잔소리 한다. 내가 지금 그 얘기 하려는 게 아니라."

"그게 아니면?"

"승윤이네 아버지가 그러시는데, 외국인 노동자들 한국에서 오 년, 십 년만 바짝 일해서 본국 가면 완전히 재벌처럼 산다더라. 여기서 한 달 월급이면 거기서는 거의 일 년치 연봉이니까. 그래서 난 가끔 엄마가 이렇게 고생하는 이유를 모르겠어. 새벽까지 일하고, 진상 손님한테 욕먹고……."

엄마는 잠깐 아무 말도 하지 않았다.

"사람이 익숙한 곳에서 지내야지, 암만 물가가 싸대도 다른 데

가면 적응 못 해. 그리고 물가에는 다 이유가 있어. 한국에서 사는 것처럼 살려면 거기에서도 돈 수두룩하니 깨져. 보이는 숫자가 다가 아니야."

"그러니까."

"그러니까 뭐?"

"나는 가끔 한국이, 그러니까 한국인이 아니라 나라 자체가 나랑 싸우려 든다는 생각을 해. 어쭈, 너 안 굽히고 들어와? 계속 목 뻣뻣하게 세우고 있을래? 그러지 말고 빨리 굽히고 들어와, 그러면 봐줄게, 하고. 싸움을 피하면 혼자고, 싸우면 지고, 잘 살려면 굽히고 끝내야 하는데, 난 그게 영 싫어."

"뭔 말을 하고 싶어서 그래?"

"나는 한국이 안 익숙한데, 엄마한테는 스리랑카가 안 익숙한가?"

엄마의 새까맣고 깊은 눈이 나를 빤히 들여다봤다. 나는 입을 다물었다. 우리 둘 다 아주 오랫동안, 아무 말도 없이 그러고만 있었다. 이런 걸 물어보면 안 된다는 건 나도 알았다. 엄마의 조상이 3세기에 인도 반도에서 건너온 사람들이든 식민 지배 시절에 건너온 사람들이든 간에, 혹은 엄마가 반군을 지지했든 지지하지 않았든 간에 이런 대화는 애당초 시작조차 하면 안 된다. 그게 엄마랑 내 협약이었다. 하지만 나는 여전히, 외할아버지랑 외할머니가 궁금했다.

캐리커처 75

결국 엄마가 고개를 휙 돌렸다. 한숨 같은 말들이 들려왔다.

"몇 번을 말해야 알겠어? 아주 끔찍하다, 응? 돈만 잘 벌면 되는 나라에서 뭐가 그렇게 어렵다고. 공부가 힘들다면 그나마 이해가 간다. 도대체 뭐가 어렵고 힘들다는 거니. 뭐가 어려워서 엄마한테 이래. 들어가서 공부나 해, 공부나. 빨리."

그대로 방에 들어갈 생각은 없었지만 거실에서 뻗대 봐야 점수만 깎일 게 뻔해서, 그냥 밖으로 나왔다. 대로변을 따라 한참을 걸으며 생각해 보니 그게 다였다. 나는 외갓집이 언제나 궁금했는데 알 수 없었다는 거. 핏줄이라는 건 사슬처럼 이어지기 마련인데 외할머니도 외할아버지도 모르니까 그 전의 고리는 더더욱 알 수가 없다는 거. 알 수가 없는 건, 엄마가 역사에 시달린 사람이기 때문이라는 거.

그러니까 엄마는 기억으로부터 끊겨 나온 만큼 단단하게 얽매여 있고, 나도 그렇다. 내가 한국이랑, 한국인들 각각이 아니라 한국이라는 나라랑 화해하기 어렵다는 느낌에 사로잡히는 것까지도 텅 빈 기억의 일부다. 그 빈 구멍이 나한테 있다는 건 원래도 알았는데, 내 알맹이가 바로 그거라는 건 지금 새로 알았다.

◆

남은 문제는 수행 평가가 조별 과제라는 거였다. 내가 프로젝트를 주도한다지만 모든 일을 도맡아 처리하기에는 시간이 부족했고, 팀원들도 '업혀 갔다'는 오명을 피하려 했다. 그렇다 보니 PPT 제작과 발표에는 다른 녀석들의 입김이 들어갈 수밖에 없었다. 요컨대 내가 골머리를 앓은 부분은 이거다. 나는 가십으로 다뤄지기 쉬운 이슈를 피하려 했는데, 팀원들은 정반대였다는 거. 할리우드 액션 영화와 다큐멘터리 사이에서 택일해야 하는 영화감독이 된 기분이었다. 책에 얽힌 뒷사정이 떠오르기도 했다.

『말리의 일곱 개의 달』은 원래 '악마의 춤'이라는 제목이었고 훨씬 난해했다고 한다. 그래서 한동안 해외로 수출되지 못했는데, 본격적으로 번역이 진행되면서 내용이 상당히 바뀌었다. 스리랑카 현대사를 모르고 힌두의 신들이 익숙지 않은 사람이라도 재미있게 읽을 수 있도록 문턱을 낮췄다는 거였다. 아쉬운 쪽이 양보하게 되는 건 만국 공통인 모양이다. 재미는 중요하다. 한 명이라도 더 읽게 만들 수 있다면, 한 명이라도 더 집중시킬 수 있다면 진지한 느낌을 덜어 내고 흥밋거리를 추가해야 하는 것이다.

그런데 이 전략적 판단이 뜻밖의 결과를 불러왔다. 국토의 삼분의 일을 점령하고 무장 함대까지 이끌고 다니는 반군이라든지, 포로가 되는 즉시 청산가리로 자결하는 게릴라라든지, '검은 호랑이'라 불리는 특공대 같은 게 애들의 관심을 끈 거다. 선악에 대한 판단은 일단 제쳐 놓더라도, 그런 이야기에 솔깃해지는 건 상당히 흔한 취향인 모양이다. 말인즉슨 해방 호랑이 반군의 프라바카란 사령관은, 인간 흉기로 유명한 나치 장교인 오토 스코르체니나 성격은 나쁘지만 끝내주게 잘 싸운 미국 사령관 조지 패튼 같은 사람들처럼 얄궂은 관심의 대상이 되었다. 그리고 그 관심은 나에게로 넘어왔다.

"그러면 김주현 너도 타밀족인 거지?"

"엄마가 타밀족이야. 아버지는 한국인이고."

"그러면 한국 온 거 내전 때문이야?"

"아마 그럴걸."

"반군이라서?"

"그건 노코멘트."

딱 이렇게만 대답한 건 할 말이 없었기 때문이다. 엄마가 묵묵부답인데 내가 어떻게 알겠는가. 하지만 이런 질문을 하는 녀석들은 처음부터 답을 정해 뒀던 듯했다.

"와 씨발, 김주현 역시 존나 뼈대 있는 집안이야. 가오 잡는 포스가 괜히 나오는 게 아니야."

곧 나한테는 '사령관'이라는 별명이 붙었다. 내가 한마디씩 핀잔을 주면 애들은 과장된 몸짓으로 경례를 올려붙였다. 김주현 사령관님! 충성! 나는 묘한 느낌을 받으면서도 약간 즐겼다. 솔직히 인정하건대 프라바카란 사령관은 멋지게만 보였다. 내 뿌리가 그 언저리에 있기를 바랄 정도였다. 전쟁의 참상과 인간 실존의 취약성을 다룬 문학 작품을 읽은 뒤 역사 공부까지 해 놓고 다

다른 결론이 고작해야 이거라니 스스로 생각하기에도 한심했지만……. 이런 젠장, 나는 열일곱 살이다……. 열일곱은 전쟁 이야기에 귀가 솔깃해지는 나이 아닌가?

때때로 내가 엄마의 아픈 기억을 배신하고 있다는 느낌이 들었다. 동시에 이게 그토록 심각해질 문제인가 싶기도 했다. 어쨌든 우리는 상을 받았다. 최우수상이었다. 그리고 무엇보다도, 어제까지는 웃으면서 즐겼는데 오늘 당장 정색하면 이상하게 보일 게 뻔했다.

모둠조를 구성하여 스리랑카 내전을 다룬 문학 작품인『말리의 일곱 개의 달』에 대한 역사적 비평 활동을 실시하였음. 다문화 당사자 학생과 적극적으로 협업하며 타국의 역사가 **우리**의 현실 속에서 관계 맺는 방식을 이해하는 데 있어 뛰어난 능력을 발휘하였음. 또한 청중의 반응을 적극적으로 고려하여 발표 자료를 제작함으로써 소통이라는 문학의 기능을 명확히 인식하고 있음을 보임.

하지만 2학년 말에, 팀원들의 생활 기록부에 이런 문장이 쓰인 걸 봤을 때는 정말로 기분이 이상해졌다. 내 생활 기록부에는 이렇게 쓰여 있었던 것이다.

모둠조를 구성하여 스리랑카 내전을 다룬 문학 작품인『말리의 일곱 개의

달』에 대한 역사적 비평 활동을 실시하였음. 타국의 역사가 **한국**의 역사 및 다문화 배경과 관계 맺는 방식을 이해하는 데 있어 뛰어난 능력을 발휘하였음. 또한 다른 학생들과 적극적으로 협업하며, 청중의 반응을 적극적으로 고려하여 발표 자료를 제작함으로써 소통이라는 문학의 기능을 명확히 인식하고 있음을 보임.

나는 국어 선생의 심중을 헤아려 봤다. '다문화 당사자 학생과 협업했다'는 서술은 확실히 점수를 따지만, '이 학생이 바로 그 당사자다'는 애매하다고 생각했을 것이다. 그래서 적당한 표현으로 난관을 우회했을 것이다. 혹은 내가 모르는 규정이 작용했을 가능성도 있다.

하여간 다른 팀원들의 생활 기록부에 타국과 '우리'가, 내 생활 기록부에 타국과 '한국'이 짝지어진 데에는 별다른 의도가 없을 것이다. 문장을 만들려다 보니 그렇게 되었을 뿐. 교사는 최선을 다한 거다.

하지만 그 모든 고민이 세특 몇 줄로 쪼그라든 걸 보니 질문 하나가 머릿속에서 자꾸 번쩍거렸다.

내가 도대체 뭘 하고 있는 거람?

◆

  내가 생각하기에 어딘가에 온전히 소속된다는 것은 캐리커처에 갇히지 않을 권리를 가지는 것이다. 놀이공원이나 특색 있는 카페에서 흔히 보이는, 익살스러운 그림이 있잖은가. 화가가 색연필을 놀릴 때마다 불쑥 솟은 코는 얼굴만큼이나 커다란 혹으로 변하고, 작은 눈은 수박씨만 한 점 하나로 쪼그라든다. 이미지에 따라 원시인의 가죽옷이나 미라 복장을 입게 될지도 모른다. 그건 불쾌하지만 재미있기도 하고, 가끔은 멋지다. 야, 완전히 똑같은데!

  캐릭터에 완전히 잡아먹히는 상황만 피할 수 있다면 이건 큰 문제가 아니다. 솔직히 인정하건대 그때그때 캐리커처를 갈아 끼우는 능력은 인생살이를 돕는다. 엄마는 진상을 만날 때마다 한국어가 어설픈 척하고, 나는 다문화 학생이었다가 김주현 사령관님이었다가 한다. 하지만 나는 때때로 사람들이 내 진짜 얼굴을 기억하고 있기나 한지 궁금해진다. 이 나라와 화해하기 어렵다는 생각이 드는 건 그래서다. 사람들이 피부색 다른 이들에게만 가혹해서 그런 것은 아니다. 오히려 정도의 차이가 있을 뿐 모든 이들에게 가혹하기 때문이다.

  다른 나라도 이런지는 모르겠지만, 여기서 살아왔고 앞으로도 살아갈 입장에서 말하자면, 이 땅의 사람들은 어떤 이웃과도 화해할 수 없는 것처럼 보인다. 심지어 자기 자신과도. 아이 엄마에게는 아이 엄마의 가면이, 배달부에게는 배달부의 가면이, 지방 일반고 학생들에게는 지방 일반고 학생의 가면이 있으며 그 목록은 한국의 인구수만큼이나 길다. 사람들은 그걸 서로에게 뒤집어 씌운 다음 캐리커처의 코가 작아서 볼품이 없다느니, 손이 커서 징그럽다느니 하는 말을 열심히도 한다(물론 실물이 정확히 어떤지는 결코 중요하지 않다). 누군가가 가면을 벗어던지고 자기 맨얼굴을 보이려 한다면, 건방지다는 소리나 듣겠지.

왜 저만 이런 일을 당하나요? 불공평합니다.

너만 당하는 게 아니니까 가만히 있거라.

제가 더 심하게 당하는데요…….

그런가? 그럴 만한 이유가 있겠지? 내가 보기엔 잘 살고 있는 것 같은데?

이 나라 사람들은 소속감 없는 상태에 소속된 사람들 같다. 돈만 잘 벌면 되는 나라라는 건 그런 의미 같다. 사람은 자기 주제를 알아야 하고, 분수에 맞지 않는 짓을 하려면 돈이라도 많아야 한다는 거다. 나는 그게 언제나 싫다. 우리가 아무리 가까워지더라도 너한테 허락된 배역은 이것이고, 네가 넘어올 수 있는 선은 딱 여기까지라며 세상 전체가 조용히 속삭이는 듯한 느낌이…….

4

 학교에서 나를 사령관이라 부르지 않는 사람은 승윤이 유일했는데, 그게 다행인지 아닌지는 판단이 안 선다. 아마도 아닐 것이다. 승윤은 '리그 오브 레전드'를 하다가 답답해지면 이렇게 외쳤기 때문이다. "야, 반군 새끼야, 빨리 탑 오라고!" 나는 승윤이 차라리 평범한 욕을 하길 바랐다. 물론 다른 애들도 종종 반군 소리를 하긴 하지만, 경우가 다르다. 그건 별명이고 이건 욕이다. 하여간 또 롤 이야기를 해야겠다.
 롤에는 플레이어별 역할이 있는데, 어느 위치에 자리 잡느냐에 따라 플레이 방식이 달라진다. 탑은 전장 가장자리에서 온종일 상대 탑과 일대일로 싸운다. 반면 정글은 가장자리로 올라가 탑을 돕기도 하고, 중앙으로 내려와 다른 플레이어들을 돕기도 하면서 유연한 플레이를 선보인다. 따라서 탑에게는 정글이 필요하다. 아니, 필수적이다. 정글이 얼마나 적극적으로 도와주느냐에 따라 탑 싸움이 갈릴 정도니까.

사랑이나 돈은 늦게 올 수도 있지만, 정글은 늦게 오면 안 된다.

탑 여러분! 지는 건 여러분의 잘못이 아닙니다. 정글 잘못입니다.

탑 프로게이머들의 명언이다. 그리고 승윤이 가장 좋아하는 명언이기도 하다.

말인즉슨 승윤은 탑만 했고, 나는 정글을 잘했다. 승윤은 평소에는 요한을 끼고 다녔지만 '제대로' 게임을 하는 날에는 어김없이 나한테 연락이 왔다. 한 달에 한두 번쯤. 시동이 걸리면 대여섯 시간을 연속으로 달렸으니까 예비 수험생치고는 게임에 상당한 시간을 들이는 셈이었다. 승윤이 주장하기로는 한번 할 때 끝장을 봐 줘야 평소에 게임 생각이 안 난다고, 공부 스트레스는 게임에서 오는 스트레스로 억누를 수 있으며 그 역도 성립한다고 했다.

스트레스를 해소하는 게 아니라, 스트레스를 스트레스로 누른다. 정확한 설명이었다. 내가 느끼기에도 승윤은 컴퓨터 앞에 앉을 때면 약간 돌았다. 게임의 승패가 아니라 자기 플레이에 집중하는 스타일이라고나 할까. 전장 전체를 돌아다녀야 할 정글이 탑에만 붙어 있으면 게임이 꼬이기 십상이었지만(승윤의 캐릭터만 승승장구하고 나머지 플레이어는 모두 불리해진다), 승윤은 그걸 뻔히 알면서도 나를 불러 댔다. 오라니 갈 수밖에.

진지한 대화를 시도해 보기도 했지만 결과는 좋지 않았다.

"형, 플레이 스타일을 바꿔 보자. 이러면 형만 노나지 게임은 못 이긴다. 아까도 형 빼고 나머지 라인은 싹 망했잖아. 아까 내가 마지막 한타 싸움에서 진입각 예술로 잡아서 간신히 이긴 거지, 원래대로였으면 졌어."

"야, 이기긴 이겼네. 우리 그래도 승률 절반 넘지 않나? 오늘 몇 전 몇 패야?"

"5승 5패긴 해. 그래도 삼십 분 안에 끝낼 수 있는 거를 사십오 분까지 끌면 열받지."

"게임을 이기려고 하냐, 즐기려고 하는 거지. 너도 스트레스 받지 말고 하고 싶은 거 재미있게 해."

"난 이겨야 재밌다. 진지하게, 내가 판마다 1.5인분 하고 있으니까 겨우 이기는 거지, 나까지 형처럼 하면 승률이 어떻게 되겠어."

"그러면 니즈가 딱딱 맞네. 나는 재미있는 거 하고, 너는 게임 이기고. 하던 대로 하면 되는 거 인정?"

"그럴 거면 욕이라도 하지 말든가. 형이 내 입장 돼 봐라. 한 시간 내내 반군 소리 들으면서 끌려다니고."

"어, 이게 욕인가? 지금 여기 앉아 계시는 분 김주현 사령관님 아니세요? 반군 사령관님?"

"아, 씨이……."

대놓고 싫은 티를 내자 승윤이 나를 삼사 초쯤 쳐다보았다. 웃지도 찡그리지도 않는데 그렇다고 해서 무표정도 아닌, 이상한 얼굴이었다. 그러더니 픽 웃고는 다시 게임에 집중했다. 나는 그 반응 앞에서 김이 샜거니와 굴욕감 또한 느꼈다. 승윤이 "야, 싫으면 하지 마." 하고 말하거나 성질을 부리지 않았기 때문이다. 싸우기도 전에 이미 이긴 사람만이 걸려 오는 싸움을 그저 무시해 버릴 수 있다.

내 신세가 절로 한심해졌다. 공부를 하든지 가게 일을 돕든지 해야 할 판에, 남 뒤치다꺼리나 하고 있다니. 이젠 딱히 재미있지도 않은 게임인데. 그런데 진짜 문제는 연락을 거절하기가 어렵다는 거였다. 덕분에 주말마다 대치동 강의를 들을 수 있게 되었으니 접대 게임쯤은 해 줘야 한다는 생각이 컸고, 눈치도 살짝 봤다. 게임 때문에 학원 혜택이 끊길 리는 없겠지만 사람 심리라는 게 그렇다. 그래서 나는 일부러 즐기는 척했다. 즐거워서 하는 게임이라고 믿으면 불편한 생각을 잊어 넘길 수 있으니까. 학교에서는 아무 문제도 없으니까.

물론 그건 자기 합리화다. 나도 안다. 2학년 말에 이르러 나는 나를 사령관님이라 부르는 애들과 약간 친해졌고, 승윤과는 묘하게 서먹해졌다. 물론 승윤은 그런 변화를 전혀 의식하지 않는 것처럼 보였다. 우리는 여전히, 평소처럼 함께 다녔다. 하지만 승윤도 알고는 있을 것이다.

◆

  고3을 목전에 둔 11월이었다. 학교에서는 벌써 내년도 과목 수요 조사가 돌아가기 시작했지만 대부분의 학생들은 아직 수험생 생활이 코앞이라는 걸 실감하지 못하는 모양새였다. 3학년으로 올라가더라도 똑같이 졸고, 떠들고, 공을 차면서 지낼 게 뻔했다. 몸에 밴 습관은 하루아침에 바뀌지 않는다.

  사람들이 말하기를 대한민국의 고등학생은 살인적인 공부량에 짓눌린다지만, 내가 보기에는 꽤 많은 학생들이 책만 펼쳐 놓은 상태로 딴짓을 하면서 시간을 보낸다. 요즘 같은 시기일수록 제대로 노는 것도 아니며 마음먹고 공부하는 것도 아닌, 애매한 분위기가 강해진다. 학교에서는 뜨끈한 히터 바람에 잠이 솔솔 오고, 하교한 뒤에는 지금 놀아 두지 않는다면 일 년간은 기회가 없으리라는 생각에 마음이 붕 뜬다. 나랑 승윤과 요한이 일요일 아침부터 PC방에서 시간을 보내다가 밤 열 시가 가까워져서야 나온 데에는 그런 사연이 있다는 말이다.

  변명하자면 처음부터 놀 생각은 아니었다. 스터디 카페에서 승윤을 만났는데, 점심 먹으러 가기 전에 한 판만 하자며 PC방에 들어섰다가 요한을 마주친 상황이었다. 그런데 롤은 3인 팀으로 플레이할 수 없기 때문에 같이 놀려면 다른 게임을 해야 했다. 그 대안으로 고른 게 '발로란트'였다. 몇 년 전부터 본격적으로 유행을 탄 총 게임이었는데, 이 분야에서는 나도 승윤도 초보다 보니 뭐든 재밌게 느껴졌다. 무엇보다 승윤의 독무대를 꾸며 주느라 애먹을 필요가 없으니 나로서도 편했다.

"야, 오늘 요한 다시 봤다. 발로란트 할 때는 완전히 캐스터 같던데. 상대 어디 있는지 싹 브리핑하고 이거저거 체킹하는 게, 게임 중계해도 돼. 진짜 그 수준이야. 발로란트가 수능 과목이었으면 일타 강사 됐을 텐데. 넌 꼭 나중에 인터넷 방송 같은 거 해라. 유튜브나."

승윤은 잠시 말을 멈추더니 짧게 덧붙였다.

"근데 롤 할 때는 애가 왜 그러지?"

"그냥……."

요한이 우물거렸다.

"그냥이 뭐야, 그냥이. 이유가 있을 거 아니야. 롤에서만 그런 게 아니라, 평소에도 보면 말하는 게 항상 답답하고 그래. 왜지? 자신감이 부족해서 그런가? 발로란트는 남 가르칠 만큼 잘하는데 다른 건 딱히 그 정도는 아니라서?"

"응, 자신감이 부족해서……."

"부족하긴 뭐가 부족해, 인마. 내면에 여포가 있는 놈이. 매너 있게 사는 거 좋은데 그렇게까지 수그릴 필요는 없고, 네 내면의 여포를 현실에서도 깨우고 다녀. 키보드로만 발사하지 말고."

"응……."

승윤이 잘 놀아 놓고서도 요한을 툭툭 건드려 대는 게 신경을 긁었지만 끼어들지는 않았다. 나한테는 나대로 해결해야 할 문제가 있었다.

일단 첫째, 나는 아침 아홉 시 삼십 분에 스터디 카페에 도착했다. 둘째, 지금은 밤 아홉 시 사십 분이고 휴대폰을 보니 엄마의 부재중 전화가 다섯 통이나 찍혀 있었다. 그걸 보고서야 정신이 퍼뜩 들었다. 하루쯤 논다고 떨어질 성적은 아니지만 부끄러워지는 건 어쩔 수가 없었다. 나는 휴대폰을 주머니에 넣고는 고개를 설레설레 내저었다.

"이거 집에 들어가면 엄마한테 뭐라고 하지."

"어차피 PC방 간 거 모르시지 않냐."

"그렇긴 한데, 감이 되게 좋거든. 이거 백 퍼센트 눈치 챈 거야. 형은 뭐 없어?"

"난 낮에 이미 PC방 간다고 말해 놔서 상관없어. 잘해 봐."

"가끔 보면 신기하다. 형네 부모님은 이렇게 놀아도 뭐라고 안 하는 거 같더라."

"내가 놀면 뭘 얼마나 논다고. 실전 모의고사 점수도 웬만큼 나오고, 공부하는 짬짬이 머리 식힐 겸 하는 거지. 몰아서."

나는 고개를 돌려 요한을 힐끔 봤다. 고개를 수그린 채 두어 걸음 뒤에서 우리를 따라오는 중이었다. 같이 발로란트를 할 때는 프로 경기 해설자마냥 속사포로 설명해 대던 녀석이 지금은 한마디도 없었다. 이럴 때는 말을 걸어 줘야 하는 건지, 내버려두는 게 옳은지가 오랫동안 궁금했다. 답은 몰랐으므로 그냥 걸었다.

"야, 너 턱걸이 연속으로 몇 개까지 되냐?"

질문이 날아든 건 소공원을 낀 삼거리에서였다. 보통은 이 자리에서 요한은 왼쪽으로, 승윤은 오른쪽으로, 나는 직진하며 헤어진다. 잘 가라는 말이 나와야 할 타이밍인데 턱걸이 얘기라니 뜻밖이었다.

"어?"

"턱걸이 얼마나 할 수 있냐고."

"그건 갑자기 왜?"

"궁금해서."

승윤이 엄지로 소공원을 가리켰다. 지붕이 설치된 벤치와 운동 기구 몇 개가 전부인 곳이었다. 높낮이가 조금씩 다른 철봉 세 개가 어깨를 맞대고 있었다.

"최대 열여섯 개."

"진짜? 반동 안 쓰고 정자세로 열여섯 개 나온 거 맞아?"

"운동 제일 열심히 했을 때 기준이고 요즘은 덜 나오긴 하는데, 그런 거로 거짓말해서 뭐 해."

"그러면 지금 한번 해 봐. 자세 제대로인지만 보게."

"춥잖아. 장갑도 없는데."

"이 새끼 못 하네. 김주현 가오 잡다가 딱 걸렸죠."

"아, 그러면 형은 몇 개 하는데?"

"김주현 쪽팔려서 말 돌리고 있죠."

승윤이 낄낄대더니 요한을 가볍게 끌어당겼다. 이제 보니 녀석이 장갑을 끼고 있었다. 잠깐 빌려 달라는 말이 통보로 들리는 건 요한만의 일은 아니겠다. 들뜬 기분이 살짝 가라앉더니 오기가 올라왔다.

"바로 간다. 내가 여기서 열 번 하는 거 보여 줄게."

"은근슬쩍 개수 빼네?"

"형은 양심 챙겨라. 갑자기 하는 건데 그 정도는 빼야지."

나는 건네받은 장갑을 낀 뒤 몇 차례 주먹을 쥐었다 폈다. 다이소에서 이천 원에 팔릴 법한 얇은 뜨개 장갑이었다. 시험 삼아 철봉을 잡아 보니 냉기가 그대로 전해져 왔다. 여차하면 추위를 핑계 삼아 기권할 수 있을 테니 나쁜 상황은 아니었다. 나는 턱걸이 네 개에 머슬 업 한 번으로 마무리했다. 상체 전체를 철봉 위로 휙 올리는 퍼포먼스인데, 보통은 머슬 업 하나를 턱걸이 서너 개로 쳐 줬다. 그러니까, 여덟 개. 이 정도면 됐다 싶어 몸을 떨구자 박수 소리가 들려왔다.

"오, 김주현. 역시 한다면 하는 남자."

"아까는 은근슬쩍 개수 뺀다고 뭐라 하더니."

"농담이지, 인마."

그런데 이제 보니 나는 미끼였던 모양이다. 승윤은 턱걸이를 몇 개나 하냐며 요한에게 질문을 던졌다. 녀석은 난색을 표했다.

"아마 한 개도 안 될걸. 난 운동 거의 안 해서……."

"야, 말 잘했다. 처음에는 누구든지 간에 0개부터 시작하는 거 아니겠냐. 십 분 안에 생초보 탈출시켜 줄 테니까 와 봐. 넌 이거 여기서 안 배우면 돈 내고 배워야 돼. 김주현, 장갑 토스."

요한이 풀죽은 태도로, 마지못해 철봉을 향해 걸어왔다. 도살장으로 끌려가는 소를 직접 본 적은 없지만 그런 비유가 이런 상황에 쓰인다는 것만큼은 알 수 있었다. 은근한 괴롭힘인지 장난인지 긴가민가했다. 십 분 안에 턱걸이를 배울 수 있을지부터가 의아스러웠다. 요한은 마른 편이니까 가능할 수도 있겠지만.

"몸 뒤로 젖히지 말고, 배에 힘주고. 팔꿈치 앞으로 넣지 말고 약간 뒤로 당겨야지. 아니, 당기라는 말이 그렇게 쭉 빼라는 소리가 아니고……."

그래도 자세를 잡아 주는 모습을 보니 대놓고 놀릴 작정은 아닌 듯해서 마음이 놓였다. 나는 멀찍이 물러나 엄마한테 전화했다. 피크 시간은 일단 지났고 2차로 온 손님들이 대부분일 거라는 생각에 걸어 본 거였는데, 그래서인가 금방 받았다. 사정을 듣자 하니 승윤이네 어머니께서 가게에 들렀던 모양이었다. 그분은 승윤이 나랑 같이 PC방에 간 걸 알고 계셨는데, 엄마는 아니었으니까 이야기가 엇갈렸던 거다.

엄마 목소리에 잔뜩 날이 서 있었다.

"게임이 문제가 아니야. 아침 아홉 시에 나간 애가 밤 열 시까지 그러고 있는 게, 그게 곧 고3 올라가는 애가 할 짓이니, 응? 머리도 쉬일 겸 한두 판 하는 건 엄마도 이해하는데 열세 시간씩 컴퓨터 앞에 앉아서 연락도 안 받고 뭐 하자는 거야."

"아, 오늘만이거든. 스터디 카페에서 승윤이 형 만나 가지고 한 번 간 거야. 진짜 3학년부터는 절대 안 이런다. 나도 정신이 있지."

"승윤이 어머님도 이제 진짜 중요한 시기인데 애가 자꾸 딴짓에 한눈파는 것 같다면서, 걱정 많으시더라. 게임 한두 판 하겠다는 마음가짐으로 시작했으면 딱 한두 판만 하고 끝내. 하루 온종일 그러고 앉아 있지 말고. 승윤이 어머님 이야기 듣는데 내가 다 죄송스러워서 얼굴을 못 들겠더라. 공부 같이 하라고 붙여 놨더니 맨날 밖으로 나도는 게, 응? 그래 놓고 한다는 말이, 뭐, 정신이 있어?"

엄마가 무슨 생각을 하는지 알 법했다. 잘못했다며 수그리면 끝날 일이었지만 주어와 목적어가 완전히 뒤바뀐 게 억울하기만 했다. 내가 승윤을 끌고 다니는 게 아니라 정반대란 말이다.

"맨날이라니, PC방 가는 건 일주일에 한 번도 안 된다. 그리고 게임은 내가 하고 싶어서 하는 게 아니라······."

"그럼 누가 칼 들고 강제로 시키기라도 했어? 게임 안 하면 큰일이라도 나? 얘는 잘못한 줄도 모르고 변명이야. 빨리 들어오기나 해!"

"알았어."

해명을 하더라도 얼굴을 보고 해야 할 모양이었다. 사실 해명한다고 해서 풀릴 문제가 아니었다. 사정을 솔직히 털어놓더라도 "그러면 네가 딱 끊어야지. 승윤이 형한테 가서 게임 접었다고 그래."라는 대답만 들을 게 뻔했다. 설마 그런 시도를 한 번도 안 해봤겠는가. 공부에 집중하고 싶으니 롤은 그만하겠다는 얘기를 여러 차례 했다. 마지막 대화는 이런 식이었다.

―딱히 성적 떨어지는 것도 아닌데 그냥 하지?

―안 떨어진다고 끝나는 게 아니라, 점수가 올라야지.

―그러니까, 학원 다니면서 오르고 있잖아. 너 저번에 물리 실전 모의고사 처음으로 만점 나왔다면서.

―실모는 맨날 50점 나오다가 본게임에서 30점대로 받는 사람이 한둘도 아닌데 무슨 소리야. 아니, 아무튼, 고등학생이 공부를 더 하겠다는데 꼬투리 잡을 게 뭐 있다고. 게임할 거면 요한이 데리고 해.

―요한은 고등학생 아니고?

―형도 게임 접는 게 어때. 같이 관두자.

―반군 놈이 이제 아주 명령을 하네. 나도 명령 하나 하자. 계속해라. 네가 언제부터 모범생 스타일이었다고…….

그 대답을 듣고는 맥이 탁 풀려서 나도 딱히 말을 꺼내지 않게 된 상황이었다. 그래도 언젠가 담판을 지어야겠다는 마음은 남아 있었다. 그런 와중 게임을 하다가 엄마에게 잔소리까지 얻어먹다니, 차라리 운명 같았다. 나는 오늘에야말로 때가 왔다는 생각과 함께 정면을 바라보았다. 특훈이 효과가 있었는지 요한이 철봉 위로 고개를 올리는 중이었다. 제대로 된 턱걸이였다.

"봐라, 하니까 되잖아. 한 번만 더 해 보자."

요한의 어깨가 부들부들 떨리는 게 멀리서도 느껴졌다. 두 번째 시도까지 성공하려는 순간 손힘이 풀리며 녀석의 몸이 바닥으로 떨어졌다. 승윤은 요한을 일으켜 세우더니 축구 코치라도 되는 양 등을 툭툭 두드려 주었다.

"잘했어, 잘했어. 평소에도 꾸준히 연습해 봐. 처음 2주 동안은 턱걸이 한 번씩 다섯 세트, 그다음 2주 동안은 두 번씩 한 세트에 나머지 네 세트는 한 번씩, 이런 식으로 횟수 올리다 보면 열 개 금방 찍어. 뭘 하든 간에 체력이랑 근성이 있어야 자신감도 생기는 거 아니겠냐."

갑작스러운 턱걸이 강습은 PC방 앞에서 했던 대화의 연장선이었나 보다. 그때는 저 형이 또 시비를 건다, 정도의 감상이었는데 지금 보니 평소랑은 은근히 태도가 달랐다. 말투는 그대로여도 훨씬 우호적인 느낌이었다. 요한도 그걸 느꼈는지 웬일로 뿌듯한 표정을 짓고 있었다. 무슨 변덕인가 싶던 찰나 승윤이 관객을 의식하는 배우처럼 나를 힐끔 바라보았다. 기분 탓일까? 요한을 왼쪽 길로 먼저 보낸 뒤 함께 벤치에 앉자마자 그 눈짓의 정체가 분명해졌다.

"김주현."

"어?"

"저번에 네가 요한 별명 가지고 뭐라 했잖아."

"거의 일 년쯤 되지 않았나."

"그쯤 됐지. 하여간 내가 그 후로 생각을 많이 해 봤거든. 통매음 사건은 김주현 너도 노아한테 설명 들어서 알 텐데, 덜 풀린 게 맞아. 갑자기 한국 와서 적응 못 하고 인터넷 중독된 게 불쌍한 거랑 별개로, 지 불쌍한 걸 왜 남의 엄마한테 푸난 말이야. 개새끼잖아. 그런데 한참 지난 일 끌고 가는 것도 남들이 보기에 안 좋은 짓이라는 생각이 들더라. 노아랑도 몇 번 이야기한 건데, 이왕 데리고 다닐 거면 잘해 줘야 하고, 안 그럴 거면 손절하는 게 맞아. 어영부영 애매하게 이러는 게 아니라."

"그렇지."

"그리고 요한이 별명이 너한테도 예민한 문제라는 거 나도 알아. 나도 중학교 다니면서 백인들이 나더러 눈 찢고 중국인이라고 부르면 기분 나빴고, 그런 애들이 중국계 애들한테 그럴 때도 똑같이 기분 나빴어. 그러니까 나도 이해하고, 그 부분은 내가 진심으로 미안하고……. 아무튼 앞으로는 잘해 주려고 노력할 생각이야."

예상 밖이긴 해도 놀랍진 않은 이야기였다. 지금은 승윤이 요한을 심하게 대하지만, 언젠가는 태도가 누그러질 날이 올 거라고 짐작했던 것이다. 나는 내 문제도 덤으로 해결할 수 있지 않을까 생각하면서, 짐짓 유쾌한 목소리로 대꾸했다.

"와, 뭐지. 형이 이러니까 낯설다. 뭐 잘못 먹었나."

"하여간 사과를 해도 곧이곧대로 듣는 법이 없어. 성격 어지간해. 사회성이라는 게 없어."

"형 성격도 만만찮은 거 알지?"

"나는 사회성 충분하지, 인마. 너랑 내가 상성이 안 맞는 거야. 보통 니가 문제야. 안 그래도 저번에 노아가 그러더라. 둘이 어쩌다가 친해졌냐고."

"뭐라고 설명했어?"

"설명할 게 뭐 있겠냐. 학원 같이 다녔고 엄마끼리도 친하다고 했지."

그러고 보면 승윤은 어머니가 사장님과 재혼했다는 것도, 어린 시절에는 학교가 끝나자마자 온종일 아동 센터에 있었다는 것도 애들 앞에서는 말하지 않았다. 과거사를 들추어낼 방해꾼도 없었다. 호주에 다녀온 데다가 일 년을 꿇으면서 동갑들과는 완전히 세상이 갈리고 말았으니까. 골목길에서 엉엉 울던 박승윤은 그 시간 속에만 유령처럼 남은 것이다. 나는 그걸 일부러 끄집어낼 필요는 없으리라 생각하면서 주제를 돌렸다.

"맞다, 형. 말 나온 김에 할 얘기 있는데."

"뭐데?"

"아까 엄마랑 전화하다가, 형 바쁜데 PC방 끌고 다니면서 공부 방해한다고 욕먹었거든. 물론 형이 가자고 해서 나도 가는 거라 쳐도 어른들 보기에는 그게 아니니까. 형네 어머니가 매주 대치동까지 태워 주시고, 우리 엄마 대신 학원 실장들이랑 상담하면서 신경 많이 써 주시는데 정작 내가 형 공부 방해하고 있으면 얼마나 안 좋게 보이겠냐. 그러니까 형이 게임을 하면 내가 욕먹어, 알지?"

"통화하는 거 대충 듣긴 했어."

"난 게임 진짜 접어야겠다. 앞으로는 형이 불러도 안 할란다."

"뭐, 이제 서로 고3 생활 시작이니까…… 나도 줄여야지."

승윤은 선뜻 고개를 끄덕이더니 스트레칭하듯 깍지 낀 손을 앞으로 쭉 뻗었고, 잠시 아무 말도 하지 않았다. 나는 가만히 기다렸다. 협상 두 개가 나한테 유리한 쪽으로 마무리됐으니 자리에서 일어날 타이밍은 승윤이 정하는 게 옳았다.

곧 승윤이 운을 뗐다.

"그나저나 3학년 수요 조사 등록했냐."

"아니, 아직. 오늘 밤에 하려고 했어."

"야, 오늘이 조사 마지막 날인데 그걸 또 마지막의 마지막까지 미루고 있네. 지금이 이미 오늘 밤이야. 시간 봐라. 열 시 이십오 분."

"아직 두 시간이나 남았구먼."

"두 시간밖에 안 남은 거지. 하여간 탐구 뭐 들을 거야?"

3학년 수요 조사란 문자 그대로, 내년에 특정 과목을 수강할 학생이 몇 명일지 알아보기 위해 학교 차원에서 진행하는 설문이었다. 만약 희망자가 열다섯 명 미만이라면 해당 강의는 열리지 않았다. 가령 지구과학Ⅱ와 물리학Ⅱ는 수요 조사 목록에만 올라 있을 뿐, 중산고등학교에서는 지난 삼 년간 한 번도 개설된 적이 없었다. 물리학Ⅱ의 난도야 말할 것도 없고, 지구과학Ⅱ는 물리학 개념이 섞이는 까닭에 지구과학Ⅰ에 비해 훨씬 어려웠던 것이다. 그렇다 보니 이과 학생들은 비교적 무난한 생명과학이나 화학을 고르곤 했다. 나한테는 애석한 일이었다.

"한 번쯤 들어 보고 싶은 것만 고르면 지구과학Ⅱ나 물리학Ⅱ. 그런데 둘 다 강의가 열릴지 모르겠긴 하다. 안 되면 그냥 세계지리랑 사회문화 수강할까 생각 중인데……."

"사회문화야 뭐, 쉽고 메이저하니까 이해가 되는데 세계지리는 갑자기 왜?"

"선생님이랑 상담했는데, 정시에 집중하는 게 나을 거라고 하시더라. 내가 내신 시험보다는 모의고사에 강한 스타일이지 않냐. 또, 진로 안 정해졌을 때 생기부를 약간 엉망으로 써 놓기도 했고……. 수시로는 인서울 중하위권이 최대지만 수능 고점은 더 높을 거라는 소리지. 그래서 수시 여섯 장은 모두 논술 쓰고, 3학년 1학기 내신은 버릴까 싶어."

"아니, 내신 버리는 것까지도 이해가 되는데 왜 세계지리냐고. 어차피 그것도 개설 거의 안 되는 과목 아니야? 작년엔 열렸던가?"

나는 구구절절한 설명을 늘어놓고 싶지 않아서 망설였다. 구태여 세계지리를 고르려는 건 내 꿈 때문이었고, 그 꿈은 장래 희망을 일컫는 것이 아니라 문자 그대로의 꿈이었다. 백일몽 같은 것이라서 털어놓기가 겸연쩍었다. 하지만 대강 얼버무리고 끝낼 분위기가 아니었다. 왜인지는 몰라도 승윤은 자세한 사정을 듣고 싶어 하는 듯했다.

"작년엔 열렸다더라. 하여간 저번에 문학 수행 평가 하다 보니 관심이 생겨서 그런다. 세계지리가 단순히 지도만 외우고 끝나는 게 아니라, 거기 사는 사람들이랑 거기서 일어난 사건들까지 같이 배우는 과목이잖아. 민족, 문화, 종교, 전쟁…… 그런 거."

나는 딱 거기까지만 말했다. 남은 이야기는 더 길었다. 엄마는 나를 의대에 보내고 싶어 했지만 내 성적은 의대 커트라인에 턱없이 못 미쳤다. 그래도 괜찮은 학교의 공과 대학쯤은 노려볼 만했다. 전기전자공학과, 화학공학과, 기계공학과, 컴퓨터공학과, 반도체학과.

나는 괜찮은 대학을 나와서 대기업이나 공기업에 취직하는 삶을 상상했지만 꿈꾸지는 않았다. 그런 미래는 식당 앞에 설치된 음식 모형 같았다. 너무 모범적이고 번듯한 까닭에 도무지 현실처럼 느껴지지 않았다. 최소한 내가 겪는 현실과는 달랐다. 공포 영화 중에 그런 게 있잖은가. 평범한 사람들이 외계인이나 기계로 대체된다거나, 눈을 감았다 떴더니 세상 전체가 감쪽같이 변해 있는 거. 토요일에 서울로 올라갈 때마다 그런 기분이었다. 학원 재원생 중 피부색이 까무잡잡한 애는 나뿐이고, 어쩌면 대치동 전체에서도 나뿐일 수 있다고 생각하면(설마 그럴 리는 없겠지만,(아니, 설마……) 등줄기가 절로 서늘해졌다.

구현동에서는 큰 문제가 없다. 그곳 사람들은 남아시아와 중앙아시아와 동남아시아를 정확히 구분하진 못할지라도 파키스탄이나 카자흐스탄이나 말레이시아 같은 나라 이름은 많이 알고, 나한테는 "부모님이 파키스탄에서 오셨냐?"라며 묻는다. "어머니가 스리랑카 분이신데요."라고 답하면 될 일이다. 반면 대치동에서는 사람들이 나를 힐끔힐끔 바라보지만, 그러면서도 너는 누구냐고는 결코 묻지 않는다. 묻지조차 않는단 말이다. 그리고 대기업과 공기업에 입사하는 사람들은 너무 당연하게도 태반이 서울에 사는 애들이다. 통계가 그렇다.

멀끔한 사무실에 앉아 있는 내 모습을 떠올리기가 어려웠다. 나는 국밥집 사장님이나 배달부나 인터넷 게임 방송의 BJ가 될 수도 있을 테고, 어쩌면 이정엽 사장님의 고물상에서 일할 수도 있을 것이다. 하지만 반도체를 설계하는 김주현은……. 피부색으로 사람의 지위 고하를 논하는 건 차별이라고들 하지만, 이런 상황에서 내가 피부색 생각을 안 할 수는 없다. 그건 눈에 보인다. 그리고 다시금 강조하건대, 남들도 그걸 본다.

그래서 나는 내 진짜 미래가 새하얀 사무실의 새하얀 사람들 사이가 아니라 어딘가 다른 곳에 있을 거라고 믿기 시작했다. 이왕 꿈을 꾼다면 거창하고 엉뚱스러운 게 좋으리라고도 느꼈다. '스리랑카 문화 연구자'라거나 '세계 분쟁 전문 탐사보도 사진기자' 같은 것 말이다. 이과 적성을 살린다면 이론물리학자도 괜찮을 테다. 앞의 둘과는 마땅한 공통분모가 없는 직업이지만, 생계 유지가 어렵다는 점에서는 매한가지니까. 멋지고 흥미롭고 돈이 안 벌리는 일자리들. 엄마가 들으면 미쳤다고 할 거다. 아니, 엄마가 아니라 같은 반 애들이 들어도 무슨 소리냐고 할 거다.

승윤의 얼굴에도 이미 떨떠름한 표정이 떠오르고 있었다. 딱 도입부만 들은 상태인데도 그랬다.

"야, 그런 이유로 세계지리 고르는 건 이상하지 않냐. 그런 건 책으로도 배울 수 있는 내용이고, 굳이 강의를 들어야 한다면 대학 가서 듣는 게 훨씬 알찰걸. 굳이 고등학교에서 배울 이유가 있나 싶은데."

"내가 내 수업 듣겠다는데 형이 왜."

"아, 그러니까……."

승윤이 머리를 긁적였다.

"나 생II랑 화II 들으려고 했거든. 그런데 화학 담당이랑 얘기

해 보니까 이번에 이과반 애들이 단체로 사회탐구로 탈주하고 그나마 남은 애들은 생II로 확 쏠려서, 화II가 폐강될 수 있겠다더라. 의대 수시 넣으려면 생명이랑 화학 둘 다 있어야 좋은 거 알지?"

"개설 안 돼도 공동교육과정 신청해서 들으면 되잖아. 다른 학교에서 하는 거."

"입학 사정관들이 공동교육과정은 안 좋게 본대. 여러 학교 학생들 모아서 진행하는 거다 보니 분별력도 약하고 성적 막 준다고……. 생활 기록부 관리하려면 본교에서 수업이 열려야 한다는 거지. 그래서 화학II 수강할 애들 구하는 중이야. 설문 조사 응답자 중에서 화학 고른 게, 금요일까지 나 빼고 일곱 명이었다고 들었거든. 내가 다섯 명 추가로 모았으니까 이제 열셋이지. 늦게 신청하는 애들 감안하면 두 명쯤은 더 있을 텐데, 열다섯이 채워질지는 잘 모르겠어. 그러니까 너도 3학년 1학기 수업 쌩깔 거면 화학 들어라."

아하, 이게 핵심이었군.

나는 승윤이 수요 조사 마지막 날에야 이런 부탁을 건네는 까닭을 헤아려 봤다. 선뜻 말을 꺼내기가 부담스러워서 줄곧 미뤘던 것인지, 아니면 택일을 강요할 수 있는 상황을 노린 건지. 그리고 다른 다섯이 누군지도 궁금해졌다.

"그러면 화학 누구누구 듣게 되는데?"

"너 아는 애들 중에는 정노아랑 요한. 그리고 저번에, 문학 조별 과제 같이 했던 애들 둘. 최정우랑 윤재민. 이렇게 넷. 나머지 하나는 말해도 몰라."

"요한은 어차피 대학 갈 생각 없어 보인다만, 정노아도 화학 듣는다니 신기하네. 기본적으로 문과 아닌가."

"나도 어제 소식 들어서 알게 된 부분인데, 정노아가 부모님을 결국 꿇렸다더라. 3학년부터 졸업 가능할 정도로만 학교 출석 일수 채우고, 나머지는 점심부터 저녁까지 배달만 하기로 허락받았대. 어차피 개도 대학 다닐 스타일은 아니잖아. 벌써 천오백 가까이 모았다던데. 그래서 수강 신청만 딱 걸어 놓으라고 했지."

정노아는 배달부 일에 더해 코인 매매를 했고 바이크 튜닝에도 관심이 많았다. 정확히 말하면, 바이크 튜닝에 관심이 많기 때문에 배달부 일을 시작하고 코인 매매에도 뛰어든 것이다. 고등학교 졸업 전까지 삼천만 원을 모으고, 군대에서 삼천만 원을 추가로 모아서 나온 뒤 튜닝 숍을 열겠다는 게 녀석의 포부였다. 현실적으로는 돈만으로 끝날 일이 아니라 기술을 배우는 게 우선이겠지만, 어쨌든 그건 시간문제였다. 시간이 충분히 흐르고 나면 정노아는 확실히 튜닝 숍 사장이 되어 있을 거였다. 엔진과 머플러와 전조등과 경적 부품을 고르며 완벽한 바이크를 만들어 나가는 삶. 괜찮아 보였다. 멋졌다.

마찬가지로 승윤은 의대를 향해 일직선으로 달려가는 중이었고, 의사가 될 거였다. 근처 의대에 넣을 수 있는 학교장 추천서

한 자리는 사실상 승윤의 몫으로 낙점된 상황이었다. 서울권 의대에도 수시 모집 지원서를 쓸 거라고 들었다. 이것도 멋졌다. 내 성적이 승윤처럼만 나왔다면 엄마는 내 얼굴만 봐도 감격의 눈물을 흘렸을 텐데.

그러니까, 왜 문화 연구자는 덜 멋져 보이는 걸까?

돈이 안 벌려서?

아니면 사실은 나한테도 확신이 없어서?

민족과 종교와 전쟁이라는 게…….

"그래도 세계지리는 듣고 싶긴 하다. 자습서로 배울 수 있는 내용이라 해도, 직접 수업 듣는 건 느낌이 다르지 않나."

나는 괜히 딴청을 피웠다. 승윤은 잠시 침묵하더니 보다 딱딱해진 목소리로 물었다.

"야, 너 아까 사회문화랑 세계지리 신청할 거라고 했지?"

"어."

"그러면 세지 남기고 사문을 버려. 뭐든 간에 일단 화학Ⅱ 머릿수를 채워. 진지하게 말하는 건데, 그건 진짜 나한테 중요해. 휴대폰 꺼내서 지금 바로 내 눈앞에서 설문 조사 응답해."

5

요한에게 잘해 주겠다고 말한 건 거래용 카드였나? 나한테 사과한 건? 하지만 이런 질문을 따라가 봐야 답 없는 의심만 깊어질 게 뻔해서, 나는 승윤이 시키는 대로 했다. 그때는 그게 최선이라고 생각했다. 이렇게 모든 문제가 해결되었더라면 좋았을 것이다.

반 년가량이 흐른 지금에 와서 생각해 보면, 애매했다. 요한은 원래 이름을 되찾긴 했지만 대우가 완전히 바뀐 건 아니었다. 녀석은 여전히, 매번 말끝을 흐렸고 모자란 취급을 받았다. 시간이 흐르면서 태도랄지 사회성이랄지 하는 것들이 많이 나아졌는데도 그랬다. 딱히 문제 될 것 없는 이야기를 했는데도 관성처럼 핀잔을 듣는 걸 보면 안쓰럽기까지 했다. 승윤도 계속 나를 PC방으로 불렀다. 한 달에 두세 번이 한 번으로 줄었으니 상당한 차이지만 내가 약속받은 미래는 아니었다. 나는 접대 게임을 완전히 멈추고 싶었단 말이다. 게다가 승윤의 플레이 스타일은 한층 더 괴팍해져서 맞춰 주기도 어려울 지경이 됐다. 자연스레 내 정신은 화면 속 캐릭터들에 집중하다가도 번번이 시간을 거슬러 오르곤 했다. 그날로, 그날 밤으로, 그리고 훨씬 오래전으로.

승윤을 형이라 불러야 한다는 생각 자체가 희박하던 시절이 있었다. 그때 승윤은 아동 센터에 다니는 열 살짜리였고, 우리 집 가게에서 밤까지 신세를 졌으며, 만약 주먹다짐을 벌인다면 나한테 실컷 얻어맞을 거였다. "내가 가만히 있으니까 진짜 너랑 똑같은 거 같아?"라는 질문이 날아들었을 때도 나는 승윤을 그 자리에 내버려두고 휘적휘적 걸어갈 수 있었다. 버텨 봐야 네 손해니 잘하라는 식으로. 그날 갑자기 나타난 자동차에 승윤의 발등이 깔린 뒤 엄마가 부른 구급차를 맞이하기 위해 승윤을 부축해 나갈 때, 승윤은 어깨로 한 번 나를 강하게 쳤다. 그리고 일절 뒤를 돌아보지 않았다.

나는 그게 일부러였는지 비틀거리다가 실수한 것인지를 오래도록 궁금해했다. 물론 일부러일 것이다. 다만 그런 일이 있었는데도 아무렇지 않은 척 함께 노는 심정이, 굴욕감과 괜찮음이 절묘한 균형을 이루던 눈빛이 수수께끼로 남았을 뿐이다. 그 눈빛을 거울에서 재회하게 되다니 놀라운 일이다. 나는 참을 이유는 많아도 참지 않을 이유는 적다며 중얼거렸다. 어린 시절의 업보를 지금 청산하는 것이라고도 믿어 보았다. 하지만 좋게 좋게 생

캐리커처 107

각하기 위해서는 노력이 필요했고, 나는 줄곧 싫어하던 일을 하기 위해 노력씩이나 하고 있다는 사실에 열이 올랐다.

 내 마음은 뭉근한 불에 데워져 가는 물 같았다. 당장 펄펄 끓는 건 아니라도 손을 넣으면 뜨거울 만큼은 온도가 올랐고, 점점 더 오르고 있었다. 그런데도 불 자체는 딱히 강하지 않아서 지금 당장 꺼야겠다는 절박감이 없었다. 그건 정말 한심하고 멍청한 마음이다. 그런 식으로 굴다가는 삶은 개구리 꼴이 되고 만다.

◆

 고등학교 3학년 6월 모의고사에서 이변이 생겼다. 수학 등급이 평소보다 괜찮게 나왔던 것이다. 고3에 치르는 6월과 9월 모의고사는 이전 시험과 달리 N수생들이 대거 참전하는 까닭에 현역들은 성적이 밀리고 마는데, 나는 그 반대였다. 남은 반 년을 수능에 올인한다면 더 좋은 곳을 노려 볼 수 있으리라는 생각이 싹텄다. 반면 승윤의 성적은 약간 저조해서, 표준 점수 총합으로는 나와 거의 비등비등한 형세가 되었다. 비록 내색하진 않았으나 그게 승윤의 신경을 은근히 건드렸던 모양이다.

 모의고사 성적표가 나온 후 보름이 지나 여름 방학이 시작되었고, 나는 방학 첫날에 곧장 PC방으로 불려 나갔다. 처음에는 평소처럼만 플레이하려 했지만 승윤이 자기 욕심으로 죽어 놓고는 내

탓을 하는 순간(심지어 이번에도 반군 소리가 나왔다) 머릿속에서 뭔가가 툭 끊겼다. 그렇다, 승윤이 말하기를 재미있는 걸 하라지 않았던가? 다음 판이 시작되었을 때 나는 예전부터 하고 싶었던 챔피언을 골랐다.

"클레드로 정글 돌게? 클레드 할 줄 알아?"

승윤이 난색을 표했다.

"나 원래 라인이 탑인 거 기억하지?"

"아니, 클레드 정글 별로잖아. 하던 거 해."

나는 선택 완료 버튼을 누르는 것으로 답을 대신했다. 승윤이 불퉁한 목소리로 중얼거렸다.

"못하기만 해 봐라."

"어차피 게임인데, 뭐."

이건 결국 게임이다. 나는 게임을 제대로 하는 법을 알았고, 팀원을 엿 먹이는 법도 알았으며, 게임을 제대로 하면서 탑 한 명 골탕 먹이는 법까지 잘 알았다. 다른 팀원들에게는 잘해 주되 탑으로 올라갈 때만 은근슬쩍 실수를 저지르는 것이다. 덫을 빗맞힌다거나, 상대 포탑 근처에서 돌진을 쓰다가 죽는다거나, 올라갈 타이밍을 잘못 잡는다거나, 기타 등등. 같은 팀 정글이 이딴 식으로 굴기 시작하면 탑은 꼼짝없이 앞길이 가로막히게 된다.

첫째 판과 둘째 판은 승윤이 투덜거릴 일이 여럿 생겼을 뿐이지 경기 자체는 승리로 끝났다. 하지만 셋째 판은 상황이 훨씬 나빴다. 상대 탑 라이너가 재빨리 핵심 아이템을 갖추고 전장 아래쪽으로 내려오면서, 게임 전체가 초장부터 무너져 버린 것이다. 이런 상황에서 승윤이 "정글 때문에 내가 망했다."라며 호소해 봤자 다른 팀원들이 보기에는 남 탓일 뿐이다. 혼자서 게임을 말아먹은 주제에 멀쩡한 정글을 탓하다니 괘씸죄가 두 배일 거다. 채팅창에서 난전이 벌어졌다.

키워주새오(제리) 기적의 남탓충 ㄷㄷ
T1 Seraphel(룰루) 라인이 밀릴수도 있다
T1 Seraphel(룰루) 근데 정글이 케어해 주는데 성장을 못했으면
T1 Seraphel(룰루) 그건 자기 책임이…ㅋㅋ
알기쉬운미드입문(제라스) ㅋㅋㅋㅋ ㄹㅇ 탑 양심 ㅇㄷ?

승윤은 한동안 채팅에 열중하더니 나를 홱 돌아보았다.
"야, 이 음흉한 새끼야, 이 판 끝나고 보자."
나는 지금 당장이라도 상관없었다. 발뒤꿈치로 바닥을 찼다. 의자 바퀴가 드르륵 소리를 내며 뒤로 굴렀다. 승윤도 따라 일어났다. 나는 이왕 대화를 한다면 1층으로 내려가서, 건물 바깥에서 하고 싶었는데 승윤은 마음이 급한 모양이었다. 엘리베이터 앞에 서자마자 짜증스러운 목소리가 터져 나왔다.
"너 요새 내가 좆 같냐?"

"게임할 때는 하고 싶은 거 재미있게 하라면서. 그래서 하고 싶은 거 한 건데?"

"음흉하게 정치질 하니까 재밌어?"

나는 아무 말도 하지 않았다.

"재밌냐고."

"내가 저번에 형한테 그러지 않았어? 엄마한테 욕먹었고 눈치도 보여서 게임 그만하고 싶다고. 그때 형도 알겠다고 했어. 근데 계속 부르면 당연히 기분이 안 좋지. 그리고 게임 꼬이면 나한테 반군 새끼라 그러는데, 내 입장에서 생각해 봐라. 그런 소리 들으면서 게임하고 싶은가. 학교 애들이 부르는 별명이랑 형이 부르는 거랑 다르다는 거, 형도 알지?"

"그게 싫으면 싫다고 똑바로 말해야지. 어쨌든 게임하자고 부를 때마다 오긴 했잖아. 속으로만 꿍하니 쌓아 두다가 갑자기 이러면 내가 뭐라고 해야 돼?"

"형이 기억을 못 하는가 본데, 그 전부터 게임하기 싫다고, 안 간다고 직구로 여러 번 말했다. 말했는데 안 먹혀서 어쩔 수 없이 왔던 거고."

"야, 지금까지는 말해도 안 먹혀서 열심히 게임했는데, 오늘은 왠지 말하면 먹힐 것 같았다는 소리지? 그래서 일부러 개판 치고 내 성질 긁었다 이거야?"

승윤은 잠시 멈췄다가 이어 물었다.

"왜 그러는데?"

"왜 그러냐니, 아까 말했는데."

"그러니까 왜 이제 와서 그러냐고."

"사람 기분이라는 게 그렇더라."

잔뜩 팽팽해진 고무줄이 탁 끊기는 기점을 어느 누가 장담할 수 있을까? 나조차 오늘 이런 일이 터질 거라고는 예상하지 못했다. 고등학교 3학년씩이나 되어 놓고, 게임 따위로 싸우고 싶지도 않았다. 하지만 승윤이 고작 세 판으로 이렇게까지 화난 걸 보니 묘한 오기가 생긴 것도 사실이었다. 나는 딴청을 피웠고 승윤은 나를 노려보았다. 그렇게 말없이 시간만 흐르던 차에 승윤이 한마디를 턱 던졌다.

"솔직히 까놓고 가자. 너 모의고사 성적 잘 나와서, 이제 굽힐 필요 없다고 생각하는 거지?"

"뭐?"

"예전부터 속으로 불만 쌓아 두고 있었던 거 맞잖아. 이제 학원도 다닐 만큼 다녔고, 대치동 자료도 받을 만큼 받았고, 내 눈치 볼 필요도 없으니까 막 나가는 거지?"

"아닌데."

나는 짧게만 말했다. 곧장 자격지심이고 피해의식이라고 쏘아붙이지 않았던 것은 내 무의식이 어떻게 작동했는지를 확신할 수 없었기 때문이다. 꾸준한 성적 향상에서 승윤의 지분을 빼놓기란 불가능했다. 절실한 순간에 찾아온 도움에는 마땅한 감사를 표해야 한다고, 오는 게 있으면 가는 것도 있어야 한다고 믿었다. 지금까지 참은 것은 그런 믿음 때문이었다. 하지만 인내는 때때로 빚 갚기를 미루면서 이자만 내는 일 같다. "이제 내 도움이 필요 없으니 관두려는 거지?"라는 질문을 맞닥뜨리지 않으려면 계속 참아야 하고, 참다 보면 이자와 원금의 총합은 날로 커지기 마련이라서…….

"아니긴 뭐가 아니야. 맞잖아. 이용할 거 다 이용해 먹고, 이제 필요 없다 싶어져서 손절 치려는 거 아니야?"

"이용해?"

"그래."

하지만 이런 소리를 들으면서 가만있고 싶지는 않았다. 어차피 미안하다며 굽히고 들어가기에는 늦은 상황이었다.

"아니, 그러면 형은 나 이용한 적 없어? 진짜 진지하게 묻자. 내가 게임할 때마다 사실상 접대해 주는 거, 하기 싫은 게임 억지로 하는 거, 형이 나한테 신경질 부려도 그러려니 했던 거, 수강 신청 강요할 때 조용히 해 준 거, 그거 다 내가 형 존중하고 도운 거라는 생각 안 들어? 형이 나한테 해 준 만큼은 해 주려고 노력한 건데. 내가 대치동 왔다 갔다 할 수 있게 도와준 건 진짜 고맙고, 그거 진짜 고마운 게 맞는데, 이거 인정 안 하면 나는 진짜 형 손절할 거다."

"지금 그 얘기 하는 게 아니잖아. 내가 너한테 말도 안 되는 이유로 짜증 내면서 갑질한 거 인정하고, 정글러 노예처럼 쓴 거 솔직히 맞고, 지금 한 말 다 받는다. 근데 내가 지적하는 건 타이밍이라고. 불만을 터뜨릴 거면 진작 했어야지 왜 지금이냐는 거야. 진짜 똑바로 대답해라. 속으로 이거저거 계산하면서 뒤통수칠 각만 재던 놈을 친구라고 믿으면서, 이 년 동안 그 새끼 편의 봐줬다고 생각하면 억울해서 죽을 것 같으니까. 나도 김주현이가 선비 짓 하면서 틱틱대는 거 케어하느라 힘들었던 거 알지? 니가 사사건건 불편한 티 내면 남들도 다 같이 불편해지고, 그러면 내가 분위기 잡으면서 애들 불만 막아 줘야 하는 거 알아? 그거 얼마나 귀찮은지 알긴 해?"

가게에서 물건을 사는 일은 간단하다. 각각의 물건에는 정해진 가격이 있고, 값을 치르고 물건을 받아 가면 그 순간 거래가 끝난다. 하지만 친구끼리 호의를 주고받는 일에는 마법 같은 구석이 있다. 그건 나 하나, 너 하나, 하면서 사슬을 길게 이어 나가는 작업이다. 그 사슬의 이름은 관계다.

"이 사슬에는 내 고리가 더 많은 거 같으니 분리해서 정확히 세어 보자." 하는 식으로 들이받으면 관계가 끊기고 말지만, 그렇다고 해서 무임승차가 허락되는 것도 아니다. 절묘한 균형이 중요하고, 균형이 유지된다고 믿는 마음가짐이 중요하다. 미국 만화에는 종종 이런 연출이 나온다. 고양이 한 마리가 즐겁게 내달리는

데, 어찌나 신났는지 코앞에 절벽이 있다는 것도 모를 지경이다. 그러다가 문득 아래를 내려다보면 발밑에는 공기뿐이고, 그제야 고양이가 추락한다. 이게 바로 믿음이다. 있는 것이 확실히 있다고 믿고, 없는 것도 있다고 믿음으로써 현실을 지탱하는 것.

이제는 균형과 믿음이 모두 깨진 듯했다. 수습하기 위해 대화를 이어 나갈수록 상황이 더 나빠졌다. 논점과 논제가 서로 뒤섞였고, 온갖 이야기가 튀어나오기 시작하면서 도대체 왜 이러고 있는지조차 알 수 없게 되었다. 결국 내가 수류탄을 던졌다.

"내가 형보다 6모 성적 잘 나온 게 순전히 형 덕분이면, 형이 대장 노릇 하고 다니는 건 형네 엄마가 결혼 잘해서 그런 거 아냐? 형은 한 거 하나도 없고 형 엄마가 다 해 준 거라고 말하면 형도 화날 거잖아. 논리가 딱 그 수준이라고."

말해 놓고 보니 끝장이었다. 이 말을 하기 전까지는 화해할 여지가 남아 있었지만, 이 말을 했기 때문에 나는 비로소 지금까지 돈 쓰고 신경 써 준 게 아까운 놈이 됐다. 그래서 승윤이 대뜸 덤벼들었을 때는 피하지 않았다. 하지만 뒤로 넘어지면서 계단 모서리가 관자놀이에 스쳤을 때는 온몸이 굳었다. 뒤통수가 축축해지더니 머릿속에서 뜨겁고 번쩍거리는 게 폭발했다. 생각을 거치지도 않고 욕설이 튀어나갔다.

"이 개새꺄, 뒈질 뻔했잖아!"

몇 대를 주고받았는지, 얼마나 싸웠는지 기억도 안 났다. PC방

아르바이트생과 사람들이 몰려나와서 우릴 떼어 놓아야 할 만큼 심했다는 것만큼은 확실하다. 피도 났다. 그래도 피부가 약간 찢어졌을 뿐 깊은 상처는 아니었다. 나는 긴 세수를 마치고 근처 약국에서 거즈와 종이테이프를 샀다. 자리로 돌아가 보니 승윤이 쓰던 컴퓨터는 꺼진 지 오래였다.

◆

    곧장 집으로 향하는 대신 한참이나 동네를 걸어 다녔다. 7월이라도 벌써 푹푹 찌는 날씨였다. 잔뜩 달궈진 아스팔트 도로의 열기가 신발 밑창을 뚫고 올라왔다. 땀이 줄줄 흐르다 못해 피부까지 녹아내리는 듯했다. 저 건너편 건물들이 흔들리는 게, 창문에 반사되는 햇빛 때문인지, 아지랑이 때문인지, 아니면 눈을 얻어맞은 탓인지. 나는 승윤의 코를 주저앉힐 기회가 있었는데도 그러지 않은 것을 후회했다. 사실은 내가 봐준 건데 승윤은 반반이라고 생각하겠지. 하지만 그래도 그 한 대를 내리꽂지 않은 것은 잘한 일이다.
    속이 시원하면서도 갑갑했다. 지금 당장이 아니더라도 언젠가는 이런 식으로 끝났을 관계라고 생각했지만, 더 좋은 방법은 없었을까. 그런데 더 좋은 방법을 찾아서 뭘 어쩐단 말인가. 자기가 한 짓은 생각도 않고 청구서만 내미는 놈과는 상종하기 싫다. 승윤도 나에 대해 똑같이 생각하고 있겠지만. 역시 코를 주저앉혀 놨어야 했던 게 아닐까. 아니다, 아니다, 아니다……. 승윤에게는 고마운 부분도 있고 미안한 부분도 있다. 욕한 건 아닐지라도 엄마를 들먹인 건 변명할 수 없는 일이다……. 하지만 그것 외에는 사과하고 싶지 않다. 승윤에게 사과를 받아서 풀릴 일도 아니다.

역시 끝장을 봤어야 했다! 나는 죽을 뻔했는데 코뼈가 대수인가? 게다가 6월 모의고사 성적 따위로 남의 저의를 의심하다니 속 좁은 놈이다. 나는 생각도 않고 있었는데.

각자의 죄목과 과실 비율을 나누는 동안, 나는 변호사 노릇도 하고 검사 노릇도 했다. 하지만 판사 역할까지 직접 맡자니 양심이 찔렸다. 최종 판결을 미룬 채 한참 걷다가 정신을 차린 곳은 저번에 턱걸이를 했던 그 공원이었다. 나는 벤치에 앉아 생각을 가다듬었다. 누가 더 잘못했는지, 왜 이렇게 됐는지는 결코 중요하지 않다. 대치동 라이딩이 끝났다는 게 핵심이다. 하지만 엄마한테 "나 이제 토요일에 학원 안 가."라고 말하려면 사정을 설명해야 하고, 사정을 설명하려면…….

롤을 하는데 승윤이 신경질을 부려서 싸웠다, 이건 불충분하다.

승윤이 계속 나를 반군이라 부르고 부려먹었다, 이것도 정확하지는 않다.

내 자존심이 상했다, 이게 그나마 사실에 가까웠다.

자존심을 건드리는 요인은 사건 자체보다는 사건의 배경에 있다. 똑같은 말이라도 누가 하느냐에 따라 느낌이 다르다. 마찬가지로 '누군가가 한 어떤 말'보다는 '그 말이 효과를 발휘했다는 사실'이 더 따갑게 느껴질 때가 있다.

요컨대, 요한에게서 이름을 빼앗을 권한도 돌려줄 권한도 승윤에게 있다는 거. 호주는 승윤에게 어떤 공격도 될 수 없지만, 내가 공격당할 때는 남아시아나 호랑이 반군 등이 불려 나온다는 거. 심지어 남의 생활 기록부를 꾸밀 때마저 똑같은 일이 벌어진다는 거. 내 세상의 일부는 그렇게 다용도 부품으로 쓰이는데, 정작 그 부품의 용도와 명칭을 결정하는 사람은 나일 수가 없다는 거. 그리고 우리가 가끔은 부품이라도 될 수 있다는 사실에 고마워하게 된다는 거. 그게 자존심이 상한다는 말의 진짜 의미다.

진심으로 고맙기 때문에 굴욕감을 느끼는 마음, 기꺼이 공범이 되고자 하면서 그 주범을 때려눕히고 싶은 마음은 정말로 설명하기 어렵다. 나를 절반으로 딱 잘라서, 한 조각을 팔아넘긴 뒤 그 값으로 다른 조각을 꾸미는 일에 대해서도 설명하기 어렵다. 심지어 엄마 같은 어른들은 자신의 절반을 선뜻 포기하고 좋은 쪽만을 보고 사는 듯한데, 그게 어떻게 가능한지는 정말 오래도록 의문이었다.

요새는 노아를 좀처럼 못 만났다는 생각이 들었다. 노아는 학교에 거의 오지 않고, 나는 가게에 거의 가지 않게 된 까닭이었다. 그래도 가게에 죽치고 있는다면 하루에 한두 번쯤은 헬멧을 쓴

노아를 마주치게 될 테다. 오늘 일을 들은 노아는 "놀랍지도 않다. 둘이 성격 진짜 안 맞아." 정도로 상황을 정리하겠지. 노아는 처음 만났을 때부터 어른이었다. 학교를 졸업하기 전까지 삼천을 모으고, 군대에서 삼천을 추가로 모아 나올 계획을 세우는 어른. 노아에게 군대란 일 년 육 개월간 갇히는 대신 목돈을 모을 기회일 것이다. 나한테 한국 군대란 호랑이를 마스코트로 삼은 조직이자, 남북으로 쪼개져서 전쟁을 벌이는 나라에게 별수 없이 필요한 조직이다. 필수 불가결한 만큼의 비극이다. 그리고 이 땅의 몫이다. 내가 반군 사령관 김주현이 아니라 육군 병장 김주현이 된다면 사람들은 나를 진짜 한국인으로 대우해 줄까? 글쎄……. 하여간 나는 여기에서조차 꿈 같은 것들을 찾아다니고 있다.

현실을 앞세우는 방법을 배운다면 나는 지금과 완전히 다른 사람이 될 텐데, 그게 정확히 어떤 모습일지 궁금할 때가 있다. 하지만 아직은 그러고 싶지 않다.

◆

생각을 정리하다 보니 어느덧 저녁이 되어 있었다. 해장국집 문을 열고 들어가자 엄마가 나를 보고 소스라치게 놀랐다. 땀에 푹 절은 애가 죽을상을 짓고 있는데 옷에는 핏방울까지 묻어 있으니 무슨 일이라도 난 것처럼 보였을 것이다. 무슨 일이 나긴 했다. 나는 안절부절못하는 엄마한테 먼저 선전포고를 날렸다.

"아까 승윤이 형이랑 싸웠다. 무슨 일인지는 말 안 할래. 그냥 싸웠고, 앞으로도 안 볼 거야. 토요일에 학원 가는 거 다 끊고, 앞으로는 스터디 카페에서 자습하려고. 엄마한테는 진짜 미안해. 승윤이 형네 어머님한테도. 근데 아무튼 승윤이 형이랑은 끝이야."

엄마가 굳은 표정으로 날 보더니 팔을 쭉 뻗었다. 한 대 쥐어박으려는 건가 싶었는데 그 반대였다. 엄마 손이 내 뒤통수에 붙은 거즈를 슬슬 만지작거리더니 한 번에 떼어 냈다. 싸한 통증이 뒷골을 울렸다.

"이거 찢어진 거 도대체 뭐니? 승윤이가 그랬어?"

"내가 뒤로 자빠진 거야. 맞아서 그런 건 아니야. 때릴 거면 내가 때리지."

"이런데도 진작 전화도 안 하고 지금까지 어디서 뭐 한 거야. 거즈도 병원에서 붙인 거 아니지? 카드 줄 테니까 빨리 정형외과 가서 꿰매고 MRI도 찍어. 피가 이렇게 철철 났는데. 피가 이렇게……."

"MRI는 무슨. 그런 거 찍을 정도 절대 아니야. 넘어지면서 스친 거고, 피도 아까 약국에서 마데카솔 사서 바르고 거즈 붙였더니 바로 멈췄어. 꿰매긴 뭘 꿰매."

고모가 주방에서 윗몸만 내밀어 나를 봤다.

"하이고, 저래 놓고 괜찮단다. 언니야, 주현이한테 거울이나 보라 그래라."

"진짜 괜찮거든요."

"발끈할 기력이라도 있는 걸 보니 건강하긴 건강한가 봐. 저래 가지고 나이 들면 어쩔까 몰라. 하여간 그 꼴로다가 서 있으면 손님들 밥맛 떨어진다. 빨리 씻고 병원이나 다녀와."

"어차피 지금 병원 닫을 시간인데 내일 갈게요."

"응급실은 국 끓여 먹었고?"

"응급실 비싸잖아요. 약국 마데카솔로 될 일에 삼십만 원 써서 뭐 해요."

"한마디도 안 지는 것 봐라. 돈 걱정할 시간에 네 엄마 말이나 잘 듣고 살아."

고모는 그렇게 말하더니 다시 돌아섰다. 엄마가 알 수 없는 표정으로 나를 빤히 바라보고 있었다. 염려하는지 두려워하는지, 느낌이 묘했다. 내 얼굴에서 지나간 세월을 찾아내려는 듯도 했다. 아버지가 산업 재해로 돌아가셨을 때라거나, 고향에서 있었던 일이라거나, 나는 떠올릴 수도 없는 기억들 말이다. 엄마가 침묵 속에 감춰 온 아픔을 끄트머리나마 들여다본 기분이었다. 나는 괜히 단호한 목소리로 말했다.

"엄마, 나 진짜 괜찮다. 살짝 긁힌 게 끝이고 어지럽지도 않아."

물론 이 말은 절반만 진실이었는데, 사실은 무척이나 어질어질했다. 머리가 찢어져서가 아니라 이만 일로 엄마를 걱정시키고 있다는 사실을 믿을 수가 없어서…… 하지만 싸움 자체를 후회하지는 않아서……. 그래서 더욱, 엄마한테는 솔직해지고 싶지 않았다. 그간의 일을 털어놓는다면 엄마는 또다시 자기 기억을 들여다보게 될 테고, 답답해하든 속상해하든 어떤 식으로든 마음이 상할 거였다.

"아무튼 토요일 학원은 앞으로는 못 가고, 안 가. 이유는 설명 안 할란다. 진짜 미안. 대신 게임은 아예 접을 거고, 자습 더 열심히 할게."

"지금 그게 중요해?"

"나한테는 중요해."

"응급실 가라고 해도 안 갈 거지?"

"응. 가서 씻고 자면 돼."

엄마는 한동안 아무 말도 하지 않았다. 나를 한 대 쥐어박고 싶은데 그럴 수가 없어서 안타까운 기색이었다. 슬퍼 보이기도 했다.

"알았으니까 빨리 가서 자기나 해. 하여간 도대체 밖에서 뭘 하고 다니는 건지. 이따가 카드 줄 테니까 내일 일어나자마자 병원 다녀와. 내일은 정말로 가야 돼."

집에 들어가서 거울을 보니 엄마와 고모가 걱정할 만했다. 땀에 푹 찌든 데다가 한쪽 눈에도 핏발이 선 게, 짐작했던 것보다 훨씬 엉망진창이었다. 그래도 멍이 심하게 든 건 아닌지라 씻고 나니 그럭저럭 멀쩡해졌다. 다만 그럭저럭 멀쩡해졌을 뿐이지 완전히 멀쩡해진 건 아니었다. 평소처럼 오른쪽 옆으로 누우니 상처가

눌려서 아팠다. 왼쪽으로 돌아누워도 욱신거리는 느낌이 여전했다. 그래서인가 잠은 안 오고 불쑥불쑥 화가 올라오기 시작했다.

반복 재생을 걸어 놓은 플레이리스트처럼, 똑같은 생각들이 꼬리에 꼬리를 물며 거듭됐다. 나는 속으로 화를 내다가, 후회하다가, 차라리 잘된 일이라고 생각하다가, 다른 방향으로 후회하다가, 이것도 오히려 잘됐다고 생각하다가, 부끄러워하다가, 앞으로의 일을 걱정하다가, 어떻게든 될 거라고 생각하다가, 화를 내다가…… 까무룩 잠들었다. 일어났을 때는 낮 열두 시였다. 거실 탁자에 편지 한 장이 신용 카드와 함께 놓여 있었다. 병원에 들른 다음 진료 확인서 들고 곧장 가게로 오라는 이야기였다.

의사는 상처 주위를 당기듯 만지작거리더니 나한테 어지럽냐, 모서리에 부딪힌 다음 토한 적이 있냐, 반응 속도가 평소보다 느려졌냐 등등을 물었다. 셋 다 아니었다. 굳이 MRI를 찍어 볼 필요는 없으리라는 진단이 내려졌다. 하지만 봉합은 하는 게 좋겠다고도 했다. 가벼운 상처는 의료용 스테이플러로 찍어 붙인다는 사실을 그때 처음 알았다. 파상풍 예방 주사를 맞고 약국에 들렀더니 두 시경이었다. 가게로 향하자 홀에는 뜻밖의 손님 한 명만 있었다. 승윤의 어머니였다. 엄마가 나한테 손짓했다.

"마침 잘 왔다. 주현아, 와서 앉아. 인사부터 드리고."

"안녕하세요."

아주머니는 염려와 불안과 의문이 약간씩 섞인 표정을 짓고 있었다. 대화는 예상할 만한 이야기들로 시작됐다. 승윤이 어제 나랑 싸우고 들어왔다고, 이정엽 사장님은 "애들끼리 싸우면서 크는 거지." 정도의 입장인 반면 어머니로서는 걱정이 될 수밖에 없다고, 숨은 사정이 있는 듯해서 연락했다고 했다.

나는 가만히 듣다가 질문을 던졌다.

"승윤이 형이 왜 싸웠는지 말했어요?"

"아니, 전혀 입을 안 열어. 보통 그렇게 고집이 센 편은 아닌데……."

"토요일 학원에 대해서는요?"

"그것도 마찬가지야."

나는 승윤이 내게 결정권을 넘겨주었다는 사실, 최소한의 선을 지키고 있다는 사실에 안도했다. 만약 승윤이 집으로 달려가서 "김주현이랑 학원 같이 못 다니겠으니 내쳐 달라." 하고 떠들기 시작했다면 나로서도 내 몫의 패를 보여야 했을 텐데, 다행히도 서로 추해지는 꼴은 피할 수 있게 된 것이다. 이게 엄마들의 문제로 변하는 걸 원치 않는 마음은 마찬가지인가 보다. 물론 승윤은 화해나 사과를 바라지도 않을 것이다. 나는 천천히, 진지한 태도로 운을 뗐다.

"그러니까, 저도 그 부분은 말씀드리기가 어려워요. 말하지 않는 게 나을 테고, 학원도 그만 다니려고요. 지금까지 신경 써 주신 부분에 대해선 진심으로 감사합니다……. 그래서 아주머니께는 더더욱 죄송하고, 사장님도 괜찮으시다면 만나 뵙고 사과드리고 싶은 마음이 있어요. 하지만 승윤이 형한테 미안한 부분이 있는 것과는 별개로 형한테 사과하고 싶진 않고, 형도 마찬가지일 거예요."

◆

 어른들이 말하기를 애들은 원래 싸우면서 자란다고들 한다. 시간이 약이라는 말도 있다. 어른들이 옳을 거다. 평생 남을 듯했는데 문득 사라져 버린 상처가 얼마나 많은가? 그러나 하찮은 듯하면서도 끈질기게 버티는 기억은 또 얼마나 많은가? 그 둘을 이 시점에 분간할 방법은 없고, 그렇다면 지금의 내게 필요한 건 시간이다.

6

 이정엽 사장님을 만나게 되는 일은 없었다. 승윤에게 내뱉은 말 때문에, 사모님 앞에서 낯을 붉혀야 하는 상황 역시 피했다. 학원비는 절반가량 환불을 받았고 스터디 카페도 옮겼다. 그 일은 그렇게 끝났다. 승윤이든 나든 피차 사과하지 않았다. 연락도 하지 않았다.

 어디에도 가지 않게 된 토요일에, 나는 2학년 1학기 문학 조별 과제 자료를 뒤적거리는 것으로 하루 일과를 시작했다. 『말리의 일곱 개의 달』을 소개하는 PPT였다. 조원들의 생활 기록부에서 당당히 한자리를 차지한 교내 수상 실적이기도 했다. 다문화 당사자성이야말로 지방 일반고의 유일한 무기라고 강변하던 윤재민의 모습이 떠오르더니, 잘해 보라며 내 어깨를 두들기던 승윤도 생각났다.

반군이라는 별명이 바로 여기서 시작됐다는 사실이 얄궂었다. 그 별명만 아니었더라면 접대 게임이든 신경질이든 그럭저럭 참을 수 있지 않았을까 싶었던 것이다. 마지막 한 방울이 잔에 가득 담긴 물을 넘쳐흐르게 만드는 것처럼. 물론 한 방울이라기에는 꽤 컸지만. 굳이 따지자면 삼분의 일 컵쯤? 최정우의 제안대로 한강의 작품을 택했더라면 지금쯤 상황이 어떻게 흘렀을지 궁금했다. 궁금했지만 깊이 생각하지는 않았다. 고등학교 3학년이 할 일이 공부 외에 뭐가 있겠는가.

물론 딴짓을 한다는 선택지도 있었다. 나는 침대에 드러누워서 『말리의 일곱 개의 달』을 다시 읽기 시작했다. 수능이 네 달밖에 남지 않았는데 잘하는 짓이다. 집중이 하나도 안 됐다. 힌두 스타일의 사후 세계와 이승의 스리랑카를 오락가락하는, 길고 복잡한 이야기. 콜롬보 15구역의 법률 회사와, 띰비리가스야야의 후지코닥 매장과, 타밀 반군에게 강제로 전투 훈련을 받는 민간인 마을과, 와우니야의 위쪽 오만따이 검문소와……. 음…… 뿌리를 찾는 건 정말 어려운 일이다. 처음 읽었을 때보다 훨씬 어려웠다.

솔직히 말하면 나는 광주나 제주에 연고도 없는 애들이 한강의 작품에 나오는 5·18 민주화 운동이나 4·3 사건을 어떻게 자기 역사로 받아들이는지, 그게 정말인지가 항상 의아했다. 아니, 비단 근현대사뿐만이 아니다. 역사 전체가 그렇다.

이런 의문이 멍청하게 들리는 건 안다. 하지만 생각해 보라.

여러분! 여러분은 고조선이 고구려, 신라, 백제, 가야를 거쳐 통일 신라와 고려가 되었다가 조선으로 변하고 끝내 대한민국에 이르는 그 과정의 끄트머리에만 딱 서 있는 게 아닙니까? 백 년도 못 살 사람들이 반만 년 세월을 어떻게 자기 몫으로 여긴단 말입니까? 역사를 잊은 민족에게는 미래가 없다지만, 민족이 어떻게 생겨나고 역사가 어디서부터 시작되는가 하는 건 그때그때 달라지는 사안이 아닙니까? 애당초 신라한테 고구려, 백제, 가야는 그냥 적국이었는데!

그러니까 나한테는 다른 사람들이 과거를 자기 세상의 일부로 여기는 감각이 미스터리였던 거다. 보통 애들은 숨 쉬듯이 그 일을 하는데, 나는 그게 잘 안 된다. 언제나 고민하고 상상하고 노력해야 한다. 그런데도 남이 그 과거를 찌르고 들어오면 무척이나 화가 난다. 이유를 고민하다가 이런 생각까지 해 본 적이 있다. 그런 능력은 할머니 할아버지에게서 물려받는 게 아닌가, 하고……. 나를 무조건 환영해 줄 과거가 있다면 나도 그 과거를, 과거와 함께 살았던 사람들을 기꺼이 끌어안을 거다. 그러면 한국인도 스리랑카인도 될 수 있겠지. 하지만 실제로는 외가든 친가든 시골집에 가 본 적이 한 번도 없다. 그래서 더 기분이 나쁜 건가?

─ 이런 젠장. 모두 헛생각이다.

나는 싹 관두고 스터디 카페에 가서 공부했다. 방학 내내 그랬다.

◆

　삼거리 앞 공원에서 요한을 마주친 건 개학식 전날이었다. 저녁 때가 되어서 출출하기도 하고, 오랜만에 식당 밥이 먹고 싶기도 해서 일찍 공부를 끝내고 가게로 향하던 차였다. 철봉에 매달린 사람이 있기에 봤더니 요한이었다. 녀석은 턱걸이를 잇달아 네 번 성공시킨 뒤에야 구경꾼의 존재를 알아차렸다. 나를 보자마자 땅으로 내려오는 게, 부끄러워하는 티가 났다.
　"방해하려던 거 아니니까 하던 거 계속 해라."
　"응, 아니…… 나 원래 연속으로 네 개까지만 해. 다섯 개부터는 아직 안 돼."
　"그래도 많이 늘었네."
　승윤이 갑자기 요한을 붙잡고 턱걸이 강습을 시킨 게 작년 말이었으니 그로부터 반 년이 지났다. 단발성이라고만 생각했지 혼자서 운동을 계속할 줄은 몰랐는데, 의외로 근성이 있는 녀석이다.
　"방학 동안 뭐 하고 지냈냐."
　"별거 안 했어. 게임하고, 간간이 운동하고, 공부도 약간 하고……."
　"수능 대비?"
　"아니, 대학이랑은 상관없이 잠깐잠깐 하는 거 있어. 수능 준비 하기엔 많이 늦은 거 같고, 재수한다 쳐도 좋은 대학 갈 자신 없어

캐리커처　129

서 그냥 다른 거……. 엄마 아빠가 재수하라고 말도 안 해. 나 여동생 하나 있는데, 걔는 아직 중학생인데 성적 괜찮게 나오거든. 그래서 걔 밀어주려나 봐. 어차피 걔도 학원 보내고 나도 재수시키려면 등골 빠지니까. 그래서 난 그냥 내버려두고 있는 건데…….”

"동생이 있었어?"

"있어. 동생은 훨씬 어릴 때 와서 그런가, 적응 잘했어. 걔는 나 볼 때마다 엄청 한심한 표정으로 봐."

요한에게는 오늘 날씨나 점심 메뉴를 읊는 것과 똑같은 어조로, 위로가 필요한 종류의 문제를 태연하게 읊으면서 분위기를 이상하게 만드는 능력이 있었다. 어떻게 반응해야 할지 난처하기만 했다. 나는 머리를 굴려 보다가 인터넷 기사에서 본 이야기를 내 생각인 양 주절거리기 시작했다.

"그래도 잘 생각했네. 입결 애매한 곳은 말할 것도 없고 요새는 대학 잘 나와도 취직 안 된다더라. 신입 사원 평균 연령대가 거의 서른이라던데, 기껏 대학 가서 그럴 바에는 노아처럼 사회생활 일찍 시작해서 돈 많이 모으는 애들이 진짜 승리자 아니겠냐. 용접이나 미장처럼 센스 필요한 기술은 인공 지능에도 대체 안 된다고들 하고."

나는 그러다가 퍼뜩 정신을 차렸다. 물어보고 싶은 게 있었다.

"맞다, 그나저나 요새 승윤이 형이랑 연락해?"

"아니, 그 형 방학 시작하자마자 롤 접어서……. 게임할 때 말고는 학교 밖에서 만날 일 거의 없거든. 수능 전까지는 공부만 할 거래."

"그거 나 때문일걸. 롤 하다가 싸웠거든. 서로 손절했어."

대뜸 이런 말을 꺼내는 게 현명한 판단인가? 잘은 모르겠지만 나는 이미 멍청한 짓을 너무 많이 한 상태였다. 실수 한두 번쯤 추가하더라도 큰 차이 없을 것 같았다. 요한은 나를 빤히 보다가 감흥 없는 목소리로 중얼거렸다.

"그렇구나."

"반응이 이상한데."

"둘이 언제 한번 싸울 거 같긴 했어서……."

"승윤이 형이 너랑 게임할 때는 난리 안 쳤냐."

"그냥…… 평소랑 비슷해. 그런데 롤 할 때는 살짝 심하긴 해."

"지랄한다는 뜻이네."

요한이 말없이 실실거렸다. 나는 내친김에 모두 털어놓고 싶어졌다.

"내가 토요일마다 형이랑 대치동 올라갔던 거 알지."

"응."

"그게 은근히 사람 돌게 만들더라. 학원이 문제가 아니야. 그건 형한테 백 번 천 번 고마운 일이고, 내가 엄청나게 도움받은 게 맞아. 그런데 그걸 의식하면 사람이 질질 끌려다니게 된다고. 보통은 그냥 들이받고 풀 문제라도, 눈치 볼 구석이 생기면 괜히 내가 예민한 건가? 좋게 좋게 생각할 수 있지 않나? 이런 생각을 하게 돼. 인간이 마음속에서부터 비굴해진다고. 결국 못 참겠어서 엎긴 했는데, 내가 제대로 판단한 건지는 아직도 확신이 안 서. 멀쩡하게 살려면 이런 걸 참고 견디는 법을 배워야 하는 거 같은데, 다들 참고 사는 거 같은데, 뭘 어디까지 참고 견뎌야 하나 싶어서……. 게임할 때 시다바리 노릇 해 주는 거 자체는 그럭저럭 넘길 만했거든. 근데 지가 운영 꼬일 때마다 나한테 반군 소리 하는 게 너무 듣기 싫더라. 정작 난 그 나라 잘 모르는데. 그러니까…… 내가 도대체 뭔 소리를 하고 있냐. 됐다, 이상한 소리 해서 미안하다."

사실은 중간부터 이미 후회하고 있었다. 갑자기 말을 멈추는 게 더 이상할 것 같아서, 끝까지 밀어붙였을 뿐이다. 멋쩍어지는 상황을 피하느라 끝장을 보고 마는 건 내 오래된 습관이었고, 나쁜 습관이었다. 그래도 그게 가끔은 의외의 효과를 발휘하기도 했다. 요한이 낯설 만큼 또박또박하게 말하기 시작했다.

"그건 기분 나쁠 일이 맞아. 난 맞다고 생각해. 그리고 기분은 원래 말로 풀어놓으면 이상해져. 사람 생각이라는 게, 기분이 먼저 오고 논리가 그다음에 오는 건데, 그 반대를 하려고 하니까 이상해지지."

그러고는 갑자기, 목소리가 바람 빠진 풍선처럼 쪼그라들었다.

"다른 이야기인데, 나는 사실 잘 모르겠긴 해. 어디까지 참아야 하는지 고민해 본 적이 없어. 애초에 나는 그걸 할 수가 없어.

음…… 내가 하는 일들은 다 어색한 거로 정해져 있잖아? 정노아 같은 애들은 동남아라고 불려도 웃어넘길 텐데, 그걸 아예 유쾌한 일로 만들어 버릴 수 있는데, 그리고 넌 화를 내고 싸우는데, 나는 조용히 실실거리는 게 끝이야. 꼭 별명만이 아니라 모든 일이 그런 식이야. 평범한 애들이 자학 개그를 하면 다들 웃는데 왜 내가 그러면 분위기가 싸해지는 걸까? 그런데 남이 나를 까면 왜 다들 웃는 걸까? 항상 이런 게 어려워. 어려우니까 생각을 안 하고 마는 거야. 노력해서 참는 게 아니라, 참는 거 말고는 다른 방법을 모르겠어서…….”

"줄타기를 잘해야지. 선을 반드시 넘어야 할 때만 딱 넘고, 아닐 때는 사리고.”

"무슨 말인지는 알겠는데 도대체 어떻게 해야 하는 건지…….”

"나도 잘 모른다. 모르니까 맨날 싸우고 혼자 다니는 거지.”

요한은 나를 물끄러미 보다가 고개를 툭 떨어트렸다.

"아냐, 정확히 말하면 너는 그걸 알고 싶어 하지도 않잖아. 최대한 모르고 싶어 하는 거 같아. 하지만 한국에서 살면 어떻게든 한국인이 돼. 누가 자기 나라 가지고 이상한 드립을 쳐도 웃게 된단 말이야. 그런 소리를 들어도 아무렇지도 않고, 오히려 재미있다는 것처럼. 같이 웃으면 자길 놀리는 애들이랑 똑같아질 수 있으니까. 말하자면 다른 나라에서 온 내가 하나 있고, 한국인이 돼서 걔를 놀리는 내가 또 하나 있는 식이야. 유체 이탈처럼. 그런데 너는 그걸 안 하려고 하잖아. 그러면서 자기 나라로 돌아가고 싶어 하는 것도 아니고. 이도 저도 아닌 상태로 버티는 건데, 그건 단순히 모르는 거랑은 완전 달라."

"그러니까, 나는 고집만 있는 거지. 무식해서 고집이 센 거야. 굽혀야 되나? 굽히지 말아야 되나? 굽히면 어디까지? 이거 자체가 판단이 안 되니까."

"응, 나도 잘 모르긴 마찬가지라는 소리야. 나는 어쩔 방법을 모르니까 모두 참아 버려. 그런데 너는 몰라도 되니까 자기 마음대로 하고. 그리고…… 나는 그게 부럽고 멋져 보인다는 이야기를 하는 거야. 난 원래는 선이나 줄 같은 것도 다 알았고, 굽히지 않는 법도 알았는데, 모두 잊어버려서……."

요한은 영어 성적 이야기를 꺼냈다. 영어는 녀석이 만점을 노릴 수 있는 유일한 과목이었고, 얼마 없는 자부심이기도 했다. 공부를 약간이라도 하는 애들은 시험 시간이 끝나자마자 그 과목의 '전문가'에게 달려가기 마련인데, 영어의 경우 승윤과 요한이 교내 일타 강사 지분을 나누어 가졌던 것이다. 호주든 필리핀이든 영어가 공용어이긴 마찬가지니까 말이다.

"처음 전학 왔을 때는 한국어를 몰라서 교과서 딱 받자마자 겁부터 났거든. 필리핀에서 미리 공부하고 오긴 했는데, 초등학생이 일 년 배운 수준으로 그걸 어떻게 따라가겠냐고. 근데 한국 초등학교 영어는 엄청 쉽잖아. 영어 교과서 읽어 보니까 '오른쪽 길로 가면 됩니다.', '그녀는 내 동생입니다.' 같은 거 배우더라. 이거라도 잘하면 되겠다! 싶었지. 근데, 그러니까…… 어쩌다 보니 일 년 내내, 애들이 내 영어 발음 가지고 놀렸어. 내가 입을 열기만 해도 다들 웃었어. 그래서 그때는 모의고사 문제까지 찾아서 풀어 볼 정도로 더 열심히 공부해 보기도 했는데, 내가 진짜로 영어 잘한다는 걸 증명하면 애들이 인정해 줄 거 같아서 그랬는데, 지금은 그게 아니라는 걸 알아. 그건 사실 실력 때문도 아니고 발음 때문도 아니었던 거야. 그냥 내가 욕먹을 애로 정해져 있었고, 그래서 내가 하는 건 뭐든 욕먹을 일이 된 거야. 맞지?"

"보통 그렇지."

"나는 내가 필리핀에서만 지냈으면 완전히 달랐을 거라고 생각해. 거기서는 이런 일이 없었거든. 예전엔 나도 공부 잘했어. 반에서 1등 한 적도 있고 친구도 많았어. 거기서는 내가 승윤이 형 포지션이었어. 진짜야. 그래서 더 돌아가고 싶은 건데……. 사실 이건 게임이 아니잖아. 세이브한 자리에서 바로 이어 하는 게 안 되니까. 돌아가도 나는 여전히 나고, 한국에서 이렇게 된 나고, 그래서 사실은 도망칠 수 없는 문제에서 도망치려는 거 같기도 해. 필리핀 가고 싶다고 징징댈 때마다 아빠가 남들은 한국 오고 싶어서 난리인데 넌 왜 맨날 그러냐고 짜증을 내니까……."

나는 내가 다른 곳에서 태어났더라면 어땠을지 떠올리기가 어려웠다. 어떤 모습이든 간에 처음부터 끝까지, 완전히 다른 사람

일 게 분명해서 더 이상 나라고는 할 수 없을 게 분명했다. 그걸 상상할 수조차 없는 게 항상 답답했다. 반면 자기 기억에 책갈피라도 끼워 둘 수 있는 사람에게는 후회도 가정법도 쉬울 것이다. 어딘가를 떠나온 사람은 붕 떠 있을 수 있는 사람을 부러워하고, 그 반대 역시 성립하는 게 세상 이치인가. 인간에게는 자기한테 없는 걸 탐내는 성향이 있다고들 하던데……. 그래도 이런 상황에서는 요한이 나보다 목소리가 커야 할 것 같았다.

나는 무슨 소리든 잠자코 들으면서 맞장구를 쳐 줬다. 그러다 보니 통매음 사건에까지 이야기가 가닿았다. 요한이 먼저 꺼낸 말이었다. 나도 이미 내막을 알고 있으리라 짐작하는 듯했다. 도입부는 짧았다.

"예전에 내가 승윤이 형한테 고소 먹을 뻔했잖아."

예전에는 한국이 싫고 잘해 보라며 등만 떠미는 부모님도 싫어서 제정신이 아니었다고 했다. 집에 틀어박혀 컴퓨터만 하는 동안 화나는 마음을 인터넷에 풀었다는 거였다. 모니터 너머의 상대는 자기보다 잘 살고 있을 테고, 욕을 하는 순간만큼은 그 상대를 위에서 내려다볼 수 있으니까. 어차피 인터넷에서 댓글을 다는 사람들은 동남아든 어디든 모두 미워하고 있는 것 같으니까.

"상황이 그래서 어쩔 수 없었다는 소리는 아냐. 떳떳하다는 것도 아니고. 그냥 그때는 그런 마음이었어. 그런데 승윤이 형한테 끌려다니면서 확실히 배운 게 있어. 아니, 원래부터 알았는데 인정하기 싫었던 거. 정말로 센 욕은, 허공에서 툭 던져지는 게 아니라 처음부터 있었던 거야. 소리 내서 말하기도 전에 이미 그 욕이 우리 사이에 있어. 모양이 정해진 레일을 따라서 구슬을 굴리는 거랑 비슷해. 위에서 아래로, 약하고 작은 쪽으로, 정해진 방향으로 굴러가는 거지. 예를 들면 노아가 나한테 해 준 말인데, 봐 봐, '한국인!', '호주!' 한국에서는 웬만하면 욕이 안 돼. 필리핀 억양은 따라하면서 놀려 대는데 미국 발음은 부러워하고. 인터넷에서 패드립을 치는 사람들도 상대 엄마한테 그러지 보통은 아빠 욕을 하진 않잖아. 아빠가 엄마보다 더 세니까 그런 거지. 그러니까…… 그런 짓은 화풀이도 복수도 아니고 나를 없애서 남을 상처 주는 일이라는 걸 알게 됐어. 그냥 남한테 나쁘기만 한 게 아니야. 세상이 이미 만들어 놓은 레일을 따라 굴러가는 동안 뭔가를 좋아하고 싫어하는 나도 함께 사라지는 거야. 그래서…… 아무리 억울하고 화나도 그런 짓은 안 하기로 했어."

속으로 오래도록 다듬어 온 고민 같아서, 듣는 나도 양심이 찔렸다. PC방 엘리베이터 앞에서 승윤의 어머니를 들먹인 일은 부끄러운 기억으로 남아 있었다. 비열한 짓이었다. 그분께는 죄송스럽기만 했다. 이왕 기회가 닿았으니 요한에게 고해성사라도 해 볼까?

하지만 승윤에게 사과하지 않는다면 자기 위안에 불과했고, 요한은 승윤의 집안 사정을 모를 거였다. 나는 잠깐 고민하다가 주제를 돌렸다.

"나는 승윤이 형이 너한테 심하다고 생각했거든. 이유 알게 된 후로도 좀 그랬다. 일단 다른 걸 다 떠나서, 보기가 안 좋잖아. 그런데 내가 끼어든다고 풀릴 문제가 아닌 거 같아서…… 어떻게 해야 할지 모르겠더라. 너는 나한테도 눈치 보는 거 같았고."

"예전에, 나 신경 써 준 거 알아. 고마워. 이거 진심이야."

요한은 무슨 말을 해야 할지 모르겠다는 것처럼 우물거렸다. 어쩌다 보니 여기까지 대화가 흘렀는지 모르겠다는 감정도 살짝 느껴졌다. 그래도 기분이 나빠 보이지는 않았다. 나는 침묵 속에서 주위를 둘러봤다. 우리 둘은 대화를 막 시작했을 때와 똑같은 자리에 똑같은 자세로 서 있는데 하늘만 전혀 다른 색이 되어 있었다. 하늘 가장 위쪽에서부터 푸르스름한 어둠이 내려오더니 다홍색 공기와 섞였다. 나는 가끔 해가 가장 쨍쨍할 때는 온 하늘이 투명하지만 밤이 가까워질수록 다양한 색이 나타난다는 사실에 놀라운 느낌을 받곤 했다.

낮이 지나면 밤이 온다. 밤이 지나면 낮이 온다. 그리고 새벽과 저녁이 그 사이사이에 끼어들어서, 우리가 오랜 시간을 막 통과했으며 앞으로 다시 통과해 나가야 한다는 사실을 알려 준다. 너무 많은 일이 일어나서 천만 년처럼 느껴졌던 하루도, 아무 일 없이 텅 비었던 하루도 언제나 그렇게 시작되어 그렇게 끝난다. 공평하고 단호하게, 기쁘고 또 슬프게도, 그리고 감사하게도. 나는 무언가 절실한 열망 하나가 내 안에서 끝나 간다는 걸 알았고, 그게 어떤 모습으로인가 다시 시작되리라는 것을 알았다. 요한이 입을 열고 있었다.

"모르겠다는 말을 계속 하게 되는 거 같아. 잘 모르겠지만, 나는 아직도 한국이 나한테 너무한 나라라고 생각하긴 해. 물론 좋은 사람도 많지만 나라 자체는 그렇다는 거야. 하지만 그렇다고 해서 나까지 남한테 너무한 사람이 되진 않으려 하고, 남들이 나를 심하게 대할 때 그만하라고 말하는 법도 배우고 싶어……. 그래서 항상, 고마운데 밉고 미운데 고마운 마음을 생각하게 돼."

"고마운데 밉고, 미운데 고마운 마음?"

"존엄이라든지 자존감 같은 거 있잖아. 위클래스 같은 데서는 싫은 건 싫다고 말해야 한다고, 자기 자신이 소중하다는 마음을 가져야 한다고 쉽게 말하지만 사실은 그게 전혀 아니라는 거 너도 알 거야. 나 같은 애들한테는, 자존심은 약간…… 돈 같아. 자존심을 약간 써서 웃음을 만들고, 자존심을 한 달에 이만큼씩 내면서 친구를 유지하고……. 이런저런 것들에 얼마를 내야 되는지, 어디서부터는 완전히 파산인지 계산해 보고……. 문제는 천억 원 어치를 내도 아무것도 못 받을 때가 가끔 생긴다는 거야. 사실 꽤 자주 그래. 응, 그래서 뭐라도 주면 고마워. 비굴한 태도일지도 모르지만, 아마 그렇겠지만, 다른 방법은 모르겠어. 승윤이 형은 나한테 심한 욕을 먹었는데도 기회를 줬고, 그건 진짜고, 형이랑 같이 다니는 애들도 나한테 뭔가 주는 애들이야. 아마 학폭위에 신고하면 다들 사과문 정도는 쓰게 될 테지만 나는 덕분에 정신을 차리긴 했어. 혼자였으면 지금 같은 생각은 절대 못 했을 거야. 인터넷에서 더 열심히 욕이나 했겠지. 그리고 어쨌든 예전엔 나랑 대화하는 거 자체가 힘들었던 건 사실이라서…… 노아는 진짜 착해……. 걔가 힘들었다고 하면 진짜 힘들었던 거야."

요한은 그렇게 말하더니 처음 보는 표정으로 웃었다.

"아무튼 나는 앞으로도 고마운데 밉고 미운데 고마운 사람들이랑 같이 다니게 될 거 같아. 학교를 졸업하고 걔네들이랑 모르는 사이가 된 다음에도, 새로운 사람들을 만나면서도, 계속. 물론 고마울 것도 미울 것도 없이 모두랑 잘 지내는 게 꿈이긴 한데, 그건 그냥 꿈이지. 솔직히 난 인터넷에서 동남아 사람들 욕해 대는 댓글 볼 때마다, 이런 거 쓰는 사람도 멀쩡한 회사원이고 학생일 거라는 생각이 들어서 무서워. 그 사람들이 단번에 정신을 차리진 않을 거잖아. 그리고 나도, 나부터가 정신을 차리기가 어려워서……. 지금도 많이 나아지진 않은 거 같고……."

"세상 분위기라는 게 바로 바뀌긴 어렵지. 그래도 너는 정신 차렸으니까, 잘 풀릴 거야. 수능 공부는 아니라도 따로 준비하는 거 있다면서. 마음도 고쳐먹었고 진로도 확실한데 뭐가 문제냐. 우리 엄마가 그러는데, 무슨 일을 하든 자기 밥만 잘 벌어먹고 살면 부끄러울 거 하나 없다더라."

나는 아무 망설임도 없이 대꾸한 뒤 스스로에게 놀랐다. 아주머니 아저씨들이나 하는 소리를, 내가 똑같이 읊을 거라고는 상상도 못 했던 것이다. 그래도 밑도 끝도 없는 자학에는 이런 반응이 딱 적당한 처방이었다. 요한은 나를 빤히 바라보다가 실실거리기 시작했다. 그게 다행스러우면서도 약간 묘했다. 이건 직전의 웃음과는 달랐다. 요한은 자기 잘못이든 남의 잘못이든, 껄끄러운 구석이 있을 때만 실실거렸다. 나는 조심스레 질문을 던졌다.

"그나저나 뭐 준비하는 거야?"

요한은 계속 웃기만 했다. 나는 한 발짝 양보했다.

"궁금해서 물어본 건데, 프라이버시 지키고 싶으면 말 안 해도 되고. 따지는 거 아니야."

"사실 그게 좀 그래서……."

"응? 혹시 범죄는 아니지?"

요한은 화들짝 놀라서 손사래 쳤다.

"아니, 아니, 저번에 같이 발로란트 했을 때 승윤이 형이 한 말 있잖아. 인터넷 방송 해 보라고. 다이소에서 마이크 산 다음 한 달 정도 방송해 봤거든. 엄청 어렵더라. 대형 스트리머들은 계속 채팅이 올라오니까, 그중에서 재밌는 거만 골라서 반응해 주면 빵빵 터져. 근데 나처럼 하꼬들은 완전히 벽 보고 중얼거려야 하니까 약간 정신 나가는 거 같고, 제대로 하고 있는지도 모르겠는 거야. 게다가 학교에서도 남들 웃기려다가 욕먹는 게 일상인데, 그런 주제에 멘트를 제대로 칠 수 있나 싶어서……. 그래서 일단 인터넷 방송은 멈추고 깊이 고민해 본 결과! 역시 운동을 해야겠다. 왜냐하면 체력이 있어야 상하차도 할 수 있으니까. 그리고 타갈로그어를 다시 제대로 배워 봐야겠다! 난 영어가 익숙하긴 한데 시골집에서는 타갈로그어를 더 자주 쓰거든. 할머니 댁으로 도망치려면 말이 통해야 할 텐데, 솔직히 타갈로그어는 많이 긴가민가해져서…….”

따로 공부한다는 게, 기술이나 자격증이 아니라 타갈로그어였던 건가? 잠깐 머릿속이 새하얘졌다. 역사학과나 아시아학과, 정치학과 등등을 전자공학과에 견주어 보는 입장에서 할 말은 아니지만(이쯤에서 세계지리 수업이 기대만큼 재밌었다는 말을 덧붙여야겠다), 지금 이 시점에 타갈로그어를 공부하는 건 요한한테 아무 도움이 안 됐다. 엄마처럼 말하고 싶진 않았지만, 사실이 그랬다.

“아니, 거기서 뭐 먹고 살려고 그러나. 도망을 친대도 타갈로그어부터 배우는 건 좀 아니다. 사람이 자기 전문 분야가 있어야지.”

“근데 어쨌든 한국에서 제대로 돈 벌고 살 수 있을 거 같진 않아서……. 예전에는 게임 랭크 올려서 롤 대리로 돈 벌려고 했는데, 내 실력이 그럴 정도가 못 되더라. 그러면 뭐…….”

“차라리 영어 부업을 찾아봐라. 너 영어는 잘하잖아.”

“요새 간단한 번역은 인공 지능이 다 해 줘서, 부업이 하나도 없대. 프로 번역가들도 일감 끊기는 수준이라잖아. 하지만 인공 지능은 상하차를 대신해 줄 수 없죠. 최후의 승리자는 상하차다."

순간 머릿속에서 불빛이 번쩍였다.

"어! 다른 거 안 할 거면 인터넷 방송 다시 해라. 딱 그렇게만 멘트 치면 되잖아? 어차피 실패하면 본전이고 성공하면 대박인 업종이지 않냐. 링크 주면 내가 시청자 수 올려 줄게."

"아까처럼? 상하차 얘기 재밌었어?"

요한이 신난 기색이 느껴지는 목소리로 물어 왔다.

"난 재밌었는데 아닌가?"

그새 해가 져 있었다. 길고 진지한 대화가 이런 식으로 마무리되다니 신기했다. 마음에 얹힌 것 하나가 스르륵 내려간 느낌에 홀가분하기도 했다. 세상은 가끔 우리한테 너무하다. 그래서 세상을 상대로 협상하는 일은 어렵고, 참을 때와 참지 않을 때를 결정하는 것도 어렵다. 내 잘못과 상대의 잘못이 동시에 있는데 맞교환이 안 되는 경우가 있는가 하면, 미움과 고마움이 얽혀서 그대로 살아가게 되는 경우도 있다. 원래 그렇다. 그 당연한 사실들을 남에게서 다시 듣는 일은 위안이 되고, 또 나만큼은 남에게 너무하게 굴지 않으리라는 다짐을 세우는 데에도 도움이 된다.

"그나저나 저녁 먹었냐."

"응, 아니. 나도 집 들어가려다가 잠깐 운동하던 거라서……."

"우리 가게 가서 먹을래? 사 줄게."

"완전 고맙지. 난 소내장탕."

예전에, 요한에게 가게 아르바이트 자리를 소개해 주려고 했던 적이 있었다. 그때도 녀석은 필리핀으로 돌아가기 위해 돈을 벌고 싶어 했고, 엄마는 오래 일할 주방 보조 한 명을 구하던 중이었다. 그래서 둘을 연결해 주면 딱 좋을 거라고 생각했는데, 요한은 길게 고민하지도 않고 거절했다. 고마울 일을 만들면 곧 미안해지게 될 테니 고마운 마음만 받아 두겠다는 거였다. 서로가 고맙지만 어느 한쪽만 절실한 관계는 실망과 염오로 끝나기 마련임을, 요한은 그때 이미 알았나 보다. 나는 승윤과 싸우고 나서야 겨우 알았다.

◆

가게로 자리를 옮긴 우리는 진지한 토론에 착수했다. 주제는 이랬다. 공부를 못하고 전문 기술도 없는 사람이 일자리를 구하려면 어떻게 해야 하는가! 내 생각에는 운전면허부터 따야 했다. 원동기 면허라도 있으면 배달 아르바이트를 뛸 수 있고, 자동차 면허는 구인 구직 기본 우대 사항이며, 집게차 기사나 대형 트럭 기사 같은 특수 직종이라면 운전 하나로 평생 먹고살 만했다. 내가 알기로는 그랬다. 물론 나는 원동기 면허도 없지만. 요한도 어차피 주워들은 것들로만 떠들긴 마찬가지였다. 둘이서 한참 이야기하던 와중 요한의 뒤편에서 둥근 헬멧이 불쑥 나타났다. 정노아였다.

"오랜만."

노아가 말했다. 나는 손을 흔들어 인사했다.

"하이. 일하는 중이야? 아니면 저녁 먹으러 온 거?"

"배달 간다. 그나저나 무슨 얘기 하고 있었어? 운전 이야기 하는 거 같던데."

배달 전문가에게 현장 검거를 당하다니 멋쩍었다. 나는 괜히 진지한 척 너스레를 떨었다.

"유통 물류 산업의 미래 동향과 청년 취업에 대해 토론하고 있었습니다."

"어쭈. 면허는 있으시구요?"

"축구 중계 봐라, 어디 해설자가 공 차나. 마이크 잡는 사람 따로 있고 뛰는 사람 따로 있는 거지."

"맞아, 맞아. 감스트도 축구 게임 하다가 축구 해설자 됐는데."

요한이 거들었다. 노아는 어질어질하다는 듯 관자놀이께에서 검지를 빙글거렸다.

"하이고, 말은 잘해요. 어디서 주워들은 건 많아 가지고."

그 말에 요한이 뭔가 떠올랐다는 듯한 표정을 지었다.

"맞다, 주현아. 집게차 기사 같은 건 어떻게 안 거야? 나 그거 오늘 처음 들었어. 그런 게 있는지도 몰랐어. 살면서 한 번도 볼 일이 없어서……."

집게차란 '너클 크레인(Knuckle Crane)' 차량의 별명인데, 거대한 인형 뽑기 기계 팔이 추가된 트럭이다. 기계 팔로 산업 폐기물과 대형 쓰레기 들을 그러모아서 트레일러에 담고, 처리장과 고물상을 오가는 게 집게차 기사들의 일이다. 특수 차량이긴 하지만 1종 보통 운전면허만 있으면 몰 수 있고, 수당도 꽤나 받는다. 예전에는 푸대접이었는데 요새는 하려는 사람이 하도 없어서 대우가 꽤 좋아졌다고 들었다. 하려는 사람이 왜 없냐면, 아무래도 쓰레기를 다루는 일이니까……. 그래도 3D 직종이라는 선입견만 깬다면 도전해 볼 만한 일이라고 들었는데……. 누구한테 들었냐면 당연히 승윤한테 들은 거다. 승윤도 물론 이정엽 사장님한테 들었겠지만.

나는 머뭇거리다가 그냥 말해 버렸다.

"승윤이 형한테 들었어. 그 형 아버지가 재활용 업체 운영하시잖아. 청죽면 쪽에 있는 거."

"어, 잠깐만. 나이스 타이밍. 저번부터 궁금했는데 김주현 얼굴 보기가 하도 어려워서, 이제 겨우 물어보네. 둘이 싸웠지?"

"알고 있었네?"

"형한테 너 근황 물어보니까 말하지 말라 그러던데, 견적 딱 나오지."

"방학식 날 손절했다. 좀 됐어. 롤하다가 싸웠는데, 뭐, 게임 때문이라기보다는 그간 쌓인 것들이 있다 보니…….”

"그것까지 안 봐도 척이지. 그 형 원래 자기가 끼고 도는 사람한테 더 막 대하는 스타일인데, 김주현은 그런 거 절대 안 받아 주잖아. 언제 터질지 불안불안했어. 내일 개학인데 학교에서는 어쩌게?"

"어쩌긴 뭘 어째, 그냥 모르는 사이인 척 지내면 되지. 어차피 그 형도 공부하느라 바쁜데 부딪힐 일이 얼마나 있으려고. 나도 공부해야 하고."

"생각해 보니 지금 타이밍이 되게 절묘하네. 안 그래도 거기 배달 가는 중이었는데."

"거기? 거기가 어딘데?"

"청죽면에 있는 그거. 사람들이 여기서 많이 주문하는데, 몰랐어? 배달 가면 가끔 사장님 계시는데, 내 얼굴도 아셔. 저번엔 승윤이 친구 왔냐고 하시더라."

놀라우면서도 놀랍지 않은 소식이었다. 하지만 대꾸할 말은 도통 떠오르지 않았다. 나는 논점이 어긋난 소리를 주절거렸다.

"회사에서 저녁 먹기엔 늦은 시간 아닌가?"

"야, 중소기업이 다 그렇지. 아무튼 나 간다. 밥 맛있게 먹어라."

요한이 갑자기 이정엽 사장님의 재활용 업체에 관심을 보인 건 그때였다. 같이 배달 가면 회사 안쪽도 구경할 수 있어? 고철 쓰레기 수거하는 거면 냄새는 안 심하지? 일하는 사람들 많아? 내가 아까 전에 해 준 집게차 이야기와 노아의 배달 목적지가 마주치면서 묘한 화학 작용을 일으킨 모양이었다. 짧은 논의 끝에 요한과 노아는 택시를 타고 청죽면으로 가기로 결론 내렸다. 이제 내가 결정할 차례였다.

이렇게 마구잡이식으로 가도 되나?

애들인데 사장님도 좋게 봐 주시겠지.

고등학생의 비열한 점은, 자기 좋을 때는 어른이고 찔리는 구석이 있을 때는 애 행세를 할 수 있는 나이라는 거다. 하지만 이 기회에 사장님을 뵙고 정식으로 감사 인사를 드린다면 좋은 일 아니겠는가. 운이 좋으면 승윤과 다시 한번 결판을 낼 수 있을 테고…….

결코 숙이고 싶지 않다는 생각에 씩씩대던 게 당장 한 달 전이었다. 벌써 한 달이나 지났다. 나는 내가 잘못한 부분에 대해서는 사과하고 싶긴 했다. 승윤이 나한테 사과할지도 확인하고 싶었다. 내 마음은 그랬다.

"어, 그래. 가자!"

우리는 돼지국밥 5인분을 들고 다 함께 밖으로 나왔다. 내가 택시를 부르는 동안 노아는 가게 앞에 대 두었던 바이크를 살짝 옮겼고, 요한은 옆에서 기웃댔다. 긁힌 자국 하나 없이 잘 관리된 바이크였다. 얼핏 보기엔 공장에서 나온 상태 그대로인 듯했지만, 잘 살피면 튜닝을 여럿 거쳤다는 걸 확인할 수 있었다. 요란하지 않게 실용성을 추구하는 타입. 자동차 상태는 주인 성격을 따라간다는 게 이런 의미일까 싶었다. 택시를 기다리는 동안 우리는 계속 자동차와 바이크와 돈과 일자리 이야기를 했고, 택시에 탄 후에도 계속했다. 그러던 와중 대화 주제가 훅 꺾이더니 나한테로 화살이 날아왔다.

"근데 그러면, 우리 중에서 주현이만 대학 가는 거지?"

요한이 말했다.

"학원비 쓴 게 아까워서라도 가긴 가야지. 근데 어디 갈지 모르겠다."

"그냥 수능 성적 보고, 거기에 맞춰서 쓰면 되는 거 아니야? 어차피 공대는 웬만하면 취직 잘되고."

"아무래도 그게 맞겠지?"

대답에서 떨떠름한 기색을 느꼈는지 노아가 끼어들었다.

"아니, 안 그러면 어쩔 건데? 가군, 나군, 다군 싹 다 상향 지원으로 의대 쓴 다음 폭사라도 하게? 아니면 수능 날의 기적, 대박 로또, 그런 거라도 노리는 중이야?"

"사실 역사학과 가고 싶어서 그래. 정치학과나."

"역사? 정치? 너 이과 아니냐?"

"좀 이상하긴 하지?"

"주현아! 내가 널 멋지게 생각하는 거랑 별개로 그건 잘못된 판단 같아."

요한이 꽤 단호한 목소리로 외치더니 택시 기사님까지 가세했다. 보아하니 학생이 상당히 이상주의적인 스타일인 것 같은데, 요즘 같은 시대에는 꿈도 좋지만 취직이 우선이며, 부모님 노후 생각도 해야 한다는 이야기였다. 완전히 말을 잘못 꺼냈다. 수습해 보려 애썼지만 점점 더 입장이 이상해졌다.

"아저씨, 덕담 감사합니다. 얘들아, 걱정해 줘서 고맙다. 그래도 이거 하나는 확실히 하자. 나도 계산이라는 게 되는 사람이고, 판단력이 있어. 만약 의대에 붙으면 나는 무조건 의대에 갈 거야. 아니, 의대가 아니라 수의대라도 무조건 수의대다. 하지만 공대에 갈 거라면! 굳이 공대만 고집할 바에는 인문학에도 관심이 간다는 거지."

"아, 입장 애매한 거 봐라. 진정성이 없네. 김주현 완전 낭만 있는 줄 알았는데 이득 따지네."

노아가 낄낄거리며 야유를 던졌다.

"야, 진정성 있지. 대기업 사원 자리 버리고 역사학과 대학원 가는 거! 진정성 그 자체지."

"어휴, 대기업 예약해 뒀나. 그냥 내가 기도해 줄게. 하늘에 계신 하느님 아버지, 저희 형제인 김주현에게 수능 대박이라는 복된 희망을 일깨워 주소서. 아버지의 은총으로 김주현이 정신 나간 소리를 멈추고 성실한 일꾼이 되게 하소서. 아멘!"

노아가 먼저 기도문을 읊었고, 요한이 따라 "아멘!"을 외쳤다.

일요일마다 성당 가기 귀찮다고 투덜대던 녀석들이 이럴 때만 종교인 흉내였다. 그래도, 흉내에 불과할지라도 이천 년씩이나 이어져 온 전통에는 세월만큼의 힘이 실리는 모양인지 마음이 홀가분해졌다. 나도 두 손을 모아 쥐고 눈을 감은 채 누구인지 모를 신에게 기도했다. 힌두교인지 기독교인지 어느 곳의 신이신지는 모르겠지만 아무튼 위대하신 분께. 만약 가군, 나군, 다군 세 장을 모두 인문대에 넣는다면 어머니는 저한테 욕을 하시겠죠. 그러나 저는 제가 육 개월 뒤에 어떤 결정을 내릴지 모릅니다. 육 년 뒤에 후회할지 안 할지도 모릅니다. 그래도 뭐가 됐든 잘해 보려 합니다.

그런 식으로 끝마치고 보니 기도라기보다는 다짐 같은 게 됐다. 나는 한마디를 덧붙였다.

그리고 제게 이정엽 사장님을 만나 뵐 용기와 승윤이 형에게 사과할 용기를 주십시오. 딱 제가 잘못한 부분까지만요.

◆

기도가 무색하게도 나는 고물상에 들어가지 못했다. 승윤 어머니께 전해 듣기로는 이정엽 사장님께서는 초지일관 "싸우면서 자라는 거지, 뭐." 하는 태도를 고수하셨다는데, 그 호쾌함이 뜻밖의 불안으로 다가왔던 것이다. 면박을 당할 가능성은 걱정스럽지 않았다. 사장님은 나를 보면 껄껄 웃으면서 승윤 이야기를 꺼낼 테고, 그러면 나는 곧장 승윤의 집 앞으로 배달되어서 화해하게 될 거였다. 장담할 수 있었다. 하지만 내 입장을 솔직히 밝혔을 때 승윤의 반응이 어떨지는 전혀 계산이 안 됐다.

"안 들어갈 거야?"

"어. 사장님 만나도 나 왔다고는 하지 마."

"그러면 왜 왔어?"

"넌 모든 일에 이유가 있냐?"

"응. 사람이 항상 생각을 하고 살아야지."

"있어서 좋겠다."

막 택시에서 내렸을 때는 노아와 나 사이에 이런 대화가 오갔다. 다른 둘이 국밥 배달에 더해 사업장 구경까지 마치고 나와서 택시를 다시 불렀을 때, 그 대화는 이렇게 변했다.

"안 타?"

"어."

"그러면 집은 언제 가게?"

"언젠가 가겠지."

"정신 차려라, 김주현!"

"밤에는 청죽면까지 택시 안 와. 그냥 타."

노아가 야유하더니 요한도 한마디를 더했다. 나는 잠깐 고민했다.

"안에 사장님 계신가?"

"응."

둘이 동시에 말했다.

"그러면 너희 먼저 가라."

나는 둘한테 대답할 겨를도 주지 않고 고물상으로 뛰어들어 갔다. 머리 위까지 올라가는, 녹색 철조망 울타리가 시멘트 발린 마당을 둘러싼 곳이었다. 마당 가장자리에는 거대한 마대 자루 덩어리들이 쌓여 성곽을 이루고 있었다. 컨테이너를 키워 놓은 듯한, 거대한 직육면체 건물이 텅 빈 중앙을 향해 빛과 그림자를 동시에 드리웠다.

저 안에서는 아직도 누군가가 일하고 있는가 보다. 그 사람의 발밑에는 예전에 승윤이 자랑했던 그 먼지들이 내려앉아 있을까? 먼지처럼 곱게 갈린 금과 은과 구리가……. 나는 마대 자루 더미를 힐끔 봤고, 거기 담긴 고철들이 금으로 변할 수 있다는 사실에 생경한 느낌을 받았다. 화학식으로 풀어내면 꽤 간단한 그림이 나오겠지만 진짜 변화는 점이나 선이나 면으로 표현되는 것들 바깥에서부터 출발한다는 믿음이 있었다. 불시에, 그러면서도 필연적으로. 등 뒤에서 택시 시동 걸리는 소리가 났고, 배기음이 머나먼 메아리처럼 시작되어 점점 더 멀어졌다. 하지만 끝나진 않는 느낌이 들었다.

나는 그런 생각에 몰두하느라 쨍한 빛줄기가 옆구리를 찌르듯 치고 들어오는 것도 모르고 있었다. 자동차 헤드라이트였다. 자동차는 스르륵 움직여 내 앞에 멈추더니 차창을 내렸다. 낯설진 않더라도 익숙할 정도까지는 아닌 목소리가 들려왔다.

"주현이, 오랜만이다!"

"아, 안녕하세요, 사장님. 오랜만에 뵙습니다."

"여기서 멀뚱히 뭐 하고 있어. 아까 다른 애들이랑 같이 들어오지 그랬냐. 이름이 요한이였던가, 작은 녀석은 아주 신나서 이곳저곳 둘러보더만."

"오랜만에 인사드리려고 함께 왔는데, 얼굴 뵙기 죄송스럽기도 하고 겸연쩍기도 해서 그랬습니다. 승윤이 형 일이……."

"그래, 그 부분은 잘 생각했다. 나한테 죄송할 게 아니라 싸운 녀석들끼리 화해를 해야지. 타라!"

"갑자기 찾아와서 신세 지고 민폐 끼치는 것 같아서 죄송한데……."

"또 죄송하다는 소리 말구, 어쨌건 주현이 너도 집에는 가야 할 게 아니냐. 그러면 이 시간에 걸어가기라도 할 작정이야?"

이다음부터는 일사천리였다. 나는 조수석에 앉아서 사장님의 질문에 꼬박꼬박 대답했다. 요새 자습은 잘되어 가냐, 대학은 어디 생각 중이냐, 어느 학과를 지망하냐 같은 주제들이었다. 나는 방학 내내 스터디 카페에 박혀 살았다고, 대학은 수능 성적 보고 결정하려 한다고, 학과는 아직 고민 중이라고 대답했다. 장래를 생각하면 공대에 가야 할 것 같은데 마음은 인문대 쪽에 끌린다는 말까지 털어놓았다. 또 이 이야기였다. 사장님은 큰 소리로 웃었다.

"나는 말이다, 꿈이 돈보다 중요하다는 말은 안 해. 나부터가 돈 만지고 사는 사람이고, 인간은 돈이 없으면 비루해지고 비겁해지기가 너무 쉽거든. 꿈을 현실로 데려오려면 물질이라는 것이 있어야 돼. 그게 없으면 꿈도 제 모양을 유지하기가 어렵다. 무슨 말인지 아나?"

"무슨 뜻으로 하시는 이야기인지 알 거 같아요."

"그런데 꿈을 아예 버리고 돈만 쫓으면 말이야, 인간이 영 볼품이 없어져. 그래서 그거는 네가 균형을 잘 잡아야 하는 거야. 주현이 네가 뭘 원하는지, 어디까지 굶을 수 있는지, 어디까지 자존심을 버릴 수 있는지, 내가 아나? 나는 모르지. 너만 아는 거고. 그러니까 스스로가 균형을 잘 잡아야지. 균형이라는 것은, 어, 저번에도 말했지만 파이팅이다. 인간이 파이팅이 있게 살아야 한다. 내가 이 나이 먹고 해 줄 수 있는 말은 그 정도고. 십 년만 젊었어도 인생은 이렇다 저렇다 반나절도 떠들어 댔을 텐데 나이를 먹으니 오히려 말이 줄어."

"이런 말씀 드려도 될지 모르겠는데요."

"편히 말해 봐."

"사실 아까, 친구들이랑 비슷한 대화를 했거든요. 친구라고 해서 항상 평등한 관계인 건 아니잖아요? 사정에 따라, 상황에 따라 눈치를 보거나 수그리거나 그러죠. 그러다가 자존심이 상하기도 하고요. 이런 걸 어디까지 참고 어디서부터는 딱 잘라 내야 하나, 그런 거에 대해 좀 길게 얘기를 했어요. 그 대화도 비슷한 결론으로 끝났던 거 같아서, 갑자기 생각이 났습니다."

"셋이서 승윤이 얘기를 했구먼?"

나는 얼굴이 뜨거워졌다.

"솔직히 말하면 그렇습니다. 형이랑 싸운 건 제 잘못도 있긴 한데……"

"뭐어, 난 애들끼리 싸운 거에 가타부타 말 얹고 싶지가 않아. 이 나이쯤 되면 뭔 소리를 들어도 그럴 일인가 싶어서. 그런데 인간이 직면하는 문제가 본질적으로는 다 똑같아. 각자의 상황에 맞춰서 균형을 잡는 거. 그러면서 남 상황도 같이 봐주는 거. 그게 다야. 그거는 실질 나한테도 어려운 일이고. 그걸 완벽하게 해내는 사람은 세상 어디에도 없는데, 그건 능력의 부족 때문이 아니라 문제 자체가 그 꼴이기 때문이야. 그렇기 때문에 알면 알수록 말이 줄어들고, 반대로 필요할 땐 여러 말도 하게 돼."

나는 사장님이 저녁 식사 자리에서 동남아 사람들의 성실성을 칭찬할 때 내심 언짢아졌던 순간을 기억했다. 추측건대 사장님은 여전히 남아시아와 동남아시아를 제대로 구분하지 못할 테고, 연장 근무와 초과 근무가 요즘 사람들한테 어떤 의미인지도 모를 터였다. 그런 것들 모두가 사장님에게는 '그럴 일인가 싶은' 카테고리에 들어가는 문제일 거다. 그래도 지금 들은 말은 모두 옳은 말이었으며 나한테 도움이 됐다.

 나는 그 사실에 감사했고, 사장님이 지금껏 베푼 호의에 다시금 고마워했지만, 요한에게 집게차 기사 이야기를 꺼낸 게 옳은 판단이었나 자문하기도 했다. 물론 그건 요한이 최종적으로 판단할 일일 거다. 어쨌든 걔도 나도 믿고 고마운 마음이라는 개념을 계속 곱씹게 될 것 같았다.

 승윤 생각이 났다. 나는 승윤과 진짜 결판을 내러 가고 있었다.

◆

 사장님은 아파트 현관 앞에서 승윤에게 전화를 걸었고, 승윤이 내려오자마자 자리를 떴다. 하고 싶은 말 편히 하면서 쌓인 앙금을 시원히 풀라는 의미겠지만, 정작 둘만 남자마자 승윤의 얼굴이 딱딱하게 굳었다. 내 표정도 비슷할 게 분명했다. 그래도 일부러 찾아오기까지 했으니 물꼬를 트는 역할은 내 몫이어야 했다.

 "저번 일 관련해서 사과하러 왔어."

 "사과하긴 뭘 사과해, 그때 이미 할 말 다 해 놓은 새끼가. 지금도 별로 안 미안하지?"

 "미안한 부분은 미안하고, 안 미안한 부분은 안 미안하고 그렇지."

 "어, 바로 이런 태도. 미안한 부분은 뭔데?"

"싸우다가 형 엄마 들먹인 거랑, 게임할 때 일부러 욕먹이게 플레이한 거. 그거 두 개. 그중에서도 특히 앞에 거. 나머지는 잘 모르겠다."

승윤은 나를 빤히 노려보기만 했다. 이런 식의 사과는 받고 싶지 않아서, 자신도 사과하지 않으려는 기색이었다. 하지만 미안하지 않은 걸 미안하다고 말할 수는 없었다. 다만 이미 십 년 가까이 늦어 버려서, 이제 와서 들추자니 낯부끄러워지는 기억이 하나 있긴 했다. 이걸 말해 봐야 좋은 반응을 이끌어 낼 수 있을까, 싶은 생각도 들었다. 하지만 지금이 아니라면 기회가 아예 없을 것 같았다. 나는 이를 질끈 악물고는 결심을 다졌다.

"그리고 예전에, 발등에 금 가게 한 것도 미안해. 사실은 그 전부터 있었던 일들이, 싹 다. 언제 한번 말해야겠다고 계속 생각만 하고 있었어."

"발등?"

"호주 다녀오기 전에."

"와, 그걸 아직도 기억하고 있었어? 그걸 기억해?"

승윤의 입이 떡 벌어졌다.

"그걸 기억한다 이거지……. 그렇지, 안 할 리가 없지. 김주현이면 당연히 했겠지."

얼빠진 것처럼, 놀라운 것처럼, 혹은 반가운 것처럼 중얼거리던 승윤은 고개를 설레설레 내저었다. 그리고 훨씬 누그러진 목소리로 말하기 시작했다.

"됐다, 인마. 나도 6월 모의고사 얘기는 화가 나서, 감정이 격해져서 툭 튀어나온 소리지 니가 진짜로 그걸 계산해서 들이받은 거라고는 생각 안 했어. 넌 어차피 계산을 해도 실행할 능력이 안 되는 놈 아니냐. 하도 자기 마음대로 하는 게 습관이 되어 버려서. 그때는 나도 성적 때문에 충격받고 예민해져 있었던 거야. 그전부터 내가 너 부려 먹은 건 진짜로 할 말 없고, 별명도 내가 잘못한 거 맞고, 나도 원래 성격에 문제 있는 스타일이고, 그런 것들은 내가 진심으로 미안해. 근데 우리 사이에 이거 일일이 따지기 시작하면 답도 없는 거 알지? 발등 얘기까지 올라가면?"

"어, 알지."

"여기서 딱 끝내고, 다 묻고, 쌤쌤인 셈 치자. 완전 리셋하는 거야."

"어."

"그러면 수능 잘 쳐라."

"형도 수능 잘 쳐라."

우리 둘 다 진심이었다. 그리고 우리는 학교로 돌아가면 서로 모른 척하게 되리라는 것도 알았다. 선생님이 심부름을 시킨다면 사무적인 말 한두 마디쯤은 나누겠지만, 예전처럼 친하게 어울리지는 못할 거였다.

그래서 대화가 끝난 뒤에도 우리는 우두커니 서 있기만 했다.

서부극에 나오는 카우보이들이 누가 먼저 총을 뽑을까 잔뜩 긴장한 채 서로를 마주보는 장면을 거꾸로 뒤집어 놓은 것 같았다. 여기서 먼저 움직인 건 나였다. 나는 등을 돌려 네댓 걸음쯤 걷다가 뒤를 돌아보았고, 승윤이 현관으로 들어가려는 걸 봤다. 그때 승윤도 고개를 돌려 나를 봤다. 그것으로 정말 끝이었다. 우리는 서로의 방향을 향해 갈라졌고, 더는 반대편을 궁금해하지 않았다.

승윤은 내게 아직도 그 일을 기억하느냐고 물었지만, 사실은 승윤이야말로 더 오래 기억했을 것이다. 기억은 정말로 이상한 작업이다. 현재의 시선으로 과거를 곧장 바라보고, 거기에서 본 것들로 다시 미래를 만들어 나간다는 점에서 그렇다. 그래서인가 긴 세월을 훌쩍 뛰어넘어, 내가 아직 닿지 못한 자리에서 지금 이 순간을 돌아보고 싶어졌다. 내가 이정엽 사장님만큼 나이 들었을 때, 그래서 별것 아닌 존재들의 불평이 거슬리지조차 않는 소음으로 전락할 때, 또한 그래서 무사태평한 만큼의 너그러움도 베풀 수 있게 되었을 때, 나는 이 모든 일을 어떻게 기억할까? 그리고 그렇게 된 미래와 지금 사이의 세월들은 어떤 기억들로 채워져 있을까?

아니, 나는 사장님처럼 나이 들 수 있을까?

나는 무엇이 될까…….

먼 미래를 장담할 수는 없지만 나는 아직 나라서, 그냥 집까지 쭉 달렸다.

작
가
의
말

    스리랑카 내전은 해외 만화로 처음 접했다. 전 세계를 누비는 비밀 요원의 이야기였는데, 허구의 에피소드와 실제 에피소드가 옴니버스식으로 엮이는 구성이었던 까닭에 처음에는 작가의 창작인 줄로 알았다. 시간이 흘러 프라바카란 사령관의 부고를 접한 뒤에야 만화 속의 얼굴이 현실에 먼저 있었음을 알게 되었는데, 아마도 그때부터 자신의 뿌리를 궁금해하는 청소년의 이미지가 마음속에서 자라났던 듯하다. 그러다가 재작년에 우연한 기회로 『말리의 일곱 개의 달』(셰한 카루나틸라카 지음, 유소영 옮김, 인플루엔셜 2023)을 선물받았고, 『캐리커처』를 써야겠다는 생각이 보다 확고해졌다.

    주인공인 김주현은 자신이 사령관의 이미지를 자의 반 타의 반으로 뒤집어썼다는 데에 은근한 기쁨을 느끼지만, 자신이 타국의 아픔을 철저히 타자화하고 있다는 사실에 수치스러워하기도 한다. (본문에 서술되었다시피 프라바카란은 이순신이나 안중근과는 다른 유형의 역사적 인물이다.) 그리고 자신이 어디에서 왔는지, 스리랑카는 어떤 곳인지, 자신은 그 역사를 어떻게 받아들여야 할지 모르는 상태로 남는다. 이 소설이 스리랑카의 풍경에 깊숙이 들어가지 않는 건 첫째로, 내가 역사의 바깥에 선 사람으로서 가능한 일은 확신하는 것이 아니라 교두보를 놓는 것이라 믿기 때문이다. 또 둘째로, 이것은 스리랑카 청소년의 이야기가 아니라 스리랑카에서 온 어머니를 둔 한국 청소년의 이야기이기 때문이다.

한국 사회는 이민자들에게 전적인 동화를 요구하고, 이민 1세대들은 종종 그런 요구를 내면화한다. 그렇다 보니 어떤 이민 2세대 청소년들에게는 뿌리 찾기가 불가능한 과업처럼 느껴질지도 모른다. 그건 어려운 일이다. 하지만 마음이 시킨다면 기필코 하게 되는 일이기도 하다. 표면상으로는 얻은 게 없을지라도, 순례란 원점으로 돌아오는 노정인 까닭에 그 의미를 얻게 된다는 말을 덧붙이고 싶다. 『캐리커처』를 쓰는 2025년 초는 내게도 개인적으로 절실한 순례의 시간이었다.

◆

TCK(Third Culture Kid)라는 개념이 있다. 난민 자녀나 재일 교포 2세처럼 서로 다른 문화권에 발을 걸친 채 성장기를 보낸 아이들을 일컫는 말이다.

나는 이제 거의 완전히 한국인이고 고향으로 돌아갈 수도 없지만 줄곧 TCK로 살아 왔고, 한국은 내게 오랫동안 이방인들의 나라였다. 못 박아 두자면 나는 스리랑카 출신이 아니고 중국·일본과 아세안(동남아시아 국가 연합)을 비롯한 아시아권 국가들과는 완전히 무관하다. 공산권 국가들과도 무관하다. 대다수에게 낯선 유형의 인구 집단이라고만 말해 두겠다. 그렇다 보니 이들은 대중 매체의 스포트라이트에서는 비껴 나가 있거니와, 스포트라이트를 받더라도 타자화되기 십상이다. '세상 사람들'이 상상하고 바라는 모습이 투영되면서 당사자는 어디론가 사라지는 것이다. 요컨대 나는 스스로를 불쌍한 아이였다고 생각하지 않지만 대중 매체는 내 유소년기가 불쌍하기를 바란다. 그리고 그 안쓰러운 아이가 바깥세상의 관습을 받아들이는 장면을 통해 감동과 위안을 얻고자 한다.

나는 이게 싫어서 그런 종류의 픽션을 줄곧 꺼렸지만, 완벽한 대안이 없다는 것 또한 알았다. 어쨌든 그런 타자화에는 진실이 깃들기 때문이다. 실제로 존재하는 고통과 사회적 충돌을 외면하고 좋은 이야기만 해야 할까? 이들도 당신과 똑같은 사람이고, 잘 지낸다고? 그건 거짓말이다. 그러나 악습과 차별과 고통에만 초점을 맞추면, 그건 개개인을 가두는 틀이 된다. 소위 캐리커처가 되는 것이다. 그 캐리커처에는 내가 아직도 그리워하는 좋은 특성과 관습들이 아예 삭제되어 있고, 심지어 오해와 편견까지 끼어 있다. 하지만 왜곡을 피하기 위해 여덟 시간짜리 역사 강의를 시작할 수는 없지 않은가?

이 긴장 사이에서 "너는 있는 그대로 소중해, 네가 하고 싶은 일을 하렴, 다름을 인정하지 못하는 사회가 잘못된 거야." 같은 말은 순식간에 힘을 잃어버리고, TCK는 여러 장의 캐리커처를 갈아 끼우는 일의 전문가가 된다. 어딘가에서는 한없이 불쌍해지는가 하면 다른 곳에서는 놀라울 만큼 자신만만해진다. 때와 장소에 따라 어떤 부분은 생략하고 어떤 부분은 과장한다. 그리고, 그럴 때마다, 어떤 설명도 완전해질 수 없다는 사실을 깨닫고, 실수로 잘못된 카드를 꺼내면 쫓겨날 수 있다는 공포를 느끼며 묘한 기분에 사로잡힌다. 그 기분은 대개 분노와 원한의 형태를 띤다.

그래서 나는 당사자들을 위해서는 좀 더 적극적으로 미워하고 두려워하는 이야기가 필요하다고 믿는다. 청소년기의 내게 "다들 그렇게 화나 있다."라고, 혹은 "정반대의 가면을 번갈아 쓰는 것 자체는 비열한 일이 아니다. '있는 그대로의 나 자신'이라는 개념을 과하게 의식하지 않아도 된다."라고 말해 주는 이야기가 더 많았더라면 마음이 훨씬 편했을 것이기 때문이다. 또한 그 감정들의 존재에 대해 말해야만 '네 분노를 부당한 곳에 쏟아부으면 안 된다'는 설득이 힘을 얻는다고도 믿는다. 이건 내가 일종의 교육자로서, 소외 계층 청소년들과 대화하며 얻은 믿음이기도 하다.

◆

구현동은 내게 익숙한 사람들과 풍경들의 모자이크화고, 집게차 기사로 일하는 지인은 내게 자주 전화하며, 다른 친구는 바이크 튜닝 업체에서 일한다. 내 가장 가까운 친구의 절반은 고졸이고 다른 절반은 대졸이다. 『캐리커처』는 그 총체에 대한 고민으로 쓰인 이야기다. 정답은 전혀 아니다. 세상에는 주현을, 승윤을, 요한을, 노아를 닮은 청소년이, 이 중 누구도 닮지 않은 청소년이 있을 것이다. 그러니 이 소설이 읽는 이들에게도 고민으로 다가갔으면 좋겠다.

소설을 받아들이는 방식에는 크게 두 갈래가 있다. 하나는 등장인물을 심판하는 판관의 자리에 서는 것이다. 다른 하나는 '내가 A였더라면 그 상황을 어떻게 받아들였을까? 나는 B에 대해 무엇을 할 수 있을까? C라는 잘못에 어떻게 대응해야 할까? 처벌의 형량을 정하고 집행할 권한은 누구에게 있을까?' 등을 물으며 자기 자신을, 더 나아가 세계를 바라보는 것이다. 나는 언제나 후자 쪽에 가치를 둔다. 소설은 실존하는 세계에 대한 허구의 모사물로서 그 가치를 지니며, 이때 세계는 정죄와 심판의 대상이 아니라 인과의 역동으로서 존재하기 때문이다.

  비록 원인이 결과를 면책하거나 결과가 원인을 전적으로 정당화하진 않을지라도 인과는 계속 이어지며 우리 모두를 존재의 연쇄 속에 엮어 넣는다. 사슬 바깥에서, 각각의 고리에 점수를 매기는 대신 기꺼이 그 사슬에 뛰어들고자 하는 태도는, 우리가 타인의 삶을 이해하고 관계 맺는 방법이기도 하다.

2025년
단요

창비청소년문학 140
캐리커처

초판 1쇄 발행 | 2025년 8월 29일

지은이 | 단요
펴낸이 | 염종선
책임편집 | 구본슬
조판 | 박지현
펴낸곳 | (주)창비
등록 | 1986년 8월 5일 제85호
주소 | 10881 경기도 파주시 회동길 184
전화 | 031-955-3333
팩스 | 영업 031-955-3399 편집 031-955-3400
홈페이지 | www.changbi.com
전자우편 | ya@changbi.com

ⓒ 단요 2025
ISBN 978-89-364-5740-2 43810

* 이 책 내용의 전부 또는 일부를 재사용하려면
  반드시 저작권자와 창비 양측의 동의를 받아야 합니다.
* 책값은 뒤표지에 표시되어 있습니다.